AF188781

Waltraud Gauglitz

Ausbruch ins Leben

Ein spiritueller Roman

Bibliografische Information der Deutschen Nationalbibliothek
Die Deutsche Nationalbibliothek verzeichnet diese Publikation in der Deutschen Nationalbibliografie, detaillierte bibliografische Daten sind im Internet über http://dnb.dnb.de abrufbar

Herstellung und Verlag:
BoD – Books on Demand, Norderstedt

ISBN: 9-783749-456017

Alle Personen, Handlungen und Orte sind frei erfunden. Ähnlichkeiten mit lebenden oder nicht mehr lebenden Personen sind reiner Zufall.

Sie schlug die Haustür hinter sich zu, warf den Rucksack über die Schulter und hob die beiden schweren Reisetaschen an, um die wenigen Stufen hinunter zum geschlungenen Eingangsweg zu gehen, an dessen Ende das Taxi bereits wartete. Als der Fahrer sie kommen sah, stieg er aus und öffnete den Kofferraum. Mit einem freundlichen „Hallo" nahm er ihr die schweren Taschen ab und verstaute sie im Auto.

„Den Rucksack auch?" fragte er.

„Nein, den behalte ich bei mir", antwortete sie, öffnete die Beifahrertür und ließ sich in den Sitz fallen. Den dick gepackten, grünen Rucksack verstaute sie zwischen ihren Beinen auf dem Boden.

„Wohin geht's?" fragte der ältere Fahrer freundlich.

„Zum Bahnhof nach T.", antwortete sie.

Während er anfuhr, warf sie noch einen Blick zurück auf das große Haus mit der schneeweißen Fassade und dem roten Ziegeldach, in dessen Erdgeschoss ihre Mutter gerade ihr Mittagsschläfchen hielt, in dessen Obergeschoss ihre beiden kleinen Hunde in ihrem Körbchen

3

lagen und schliefen und das sie nie wiedersehen würde. Abschied. Endgültig. Keine Wehmut aufkommen lassen, die Entscheidung war gefallen.

„Wohin geht die Reise?" fragte der Fahrer neugierig, um ein Gespräch in Gang zu bringen, immerhin dauerte die Fahrt zum Bahnhof fast eine halbe Stunde. Aber ihr war nicht nach Reden zumute. Irgendwie fühlte sie sich wie in Trance.

„Ich besuche eine Freundin in München", log sie. Bloß nichts verraten, nicht, dass nachher noch jemand herausfinden konnte, wo sie war, indem man den Taxifahrer ausfindig machen würde. Das würde grade noch fehlen. Sie war auf der Flucht.

Sie dachte zurück an den gestrigen Abend, an die Wochen zuvor, an ihr Leben. Mit grade mal achtzehn hatte sie geheiratet, da war sie sogar ein Jahr jünger als ihr Sohn jetzt. Wie konnte man nur so dumm sein? Liebe war es nicht, sie wollte endlich jemanden haben, der für sie da war. War das nicht dasselbe wie Liebe? Aber die Ehe war schon nach vier Jahren vorbei, gerade da, als sie schwanger wurde. Sie war ihrem Mann gefolgt, 200 km weit weg in eine Kleinstadt, in der er als Berufssoldat stationiert war. Sie hatte ihren Job aufgegeben, um für ihn da zu sein, um sich um ein gemütliches Zuhause zu kümmern, sie träumte von einer Familie, von Zusammenhalt und Glück, von Füreinander-Da-Sein und Wärme und Nähe, davon sich fallenzulassen in ein Nest der Geborgenheit. Genau das war es, was sie sich so sehr wünschte, was sie ihr Leben lang vermisst hatte.

Ihre Kindheit war nicht grade schön gewesen. Ihre Eltern waren nicht böse, sie waren bettelarm und beide krank und so mit sich selbst beschäftigt, dass für sie als Kind überhaupt kein Platz in deren Leben war. Immer hatte sie das Gefühl gehabt, sie war eben da, weil sie da war, nicht deshalb, weil man sie wollte, brauchte oder liebte, sie war einfach nur da, vielleicht zufällig oder aus gar keinem Grund oder weil es einfach so sein sollte, dass Eltern Kinder bekamen. Nie hatte sich jemand um sie gekümmert, nicht in der Schule, nicht als sie ins Berufsleben startete, nie hatte jemand gefragt, was sie mit ihrem Leben anfangen wollte oder in welche Richtung sie gehen wollte, alles war immer vollkommen ihr selbst überlassen gewesen. Das war ihr Schicksal. Sie kam sich vor wie ein herrenloses Boot, das auf dem Ozean trieb und keinen Hafen fand. Hier hatte sie ihren Hafen gehabt, zumindest würden andere es so sehen – ein großes, eigenes Haus, einen Mann, der viel Geld verdiente, einen wohlgeratenen Sohn, Friede, Freude, Eierkuchen. Aber das war nur der äußere Schein. Unter der Oberfläche brodelte und kochte es, in diesem Haus war das Glück niemals eingezogen, es war ein Haus ohne Zuhause, es war nicht warm und nicht geborgen, es war nicht gemütlich, es war kalt und einsam.

Vierundzwanzig Jahre war sie nun verheiratet, hielt aus in dieser Ehe, in der man aneinander vorbei lebte wie zwei Seifenblasen, die sich niemals berühren durften und in denen jeder von ihnen eingeschlossen war, unantastbar, unberührbar, allein mit sich und für sich. Sie konnte es nicht mehr ertragen und nach dem gestrigen Abend war ihr klar, sie musste dieses Leben beenden.

„Schönes Wetter", riss der Taxifahrer sie aus ihren Gedanken.

„Ja", entgegnete sie, „vor allem noch so warm".

Es war ein herrlicher Spätsommertag Mitte September. Das Thermometer zeigte fast dreißig Grad. Die Sonne strahlte von einem wolkenlosen Himmel. Ein gutes Zeichen, dachte sie, ein sehr gutes Zeichen für einen Neuanfang, für einen Start in ein neues Leben, in dem sie vielleicht mal das finden würde, was für sie Glück bedeutet. Jemanden haben, der zu ihr steht, nicht mehr allein sein, die Erfüllung finden, einen Sinn im Leben, wissen, wofür man da ist.

Ein halbes Jahr zuvor war sie beim Anwalt gewesen und hatte sich erkundigen wollen, was bei einer Scheidung auf sie zukam. Sie hatte dem Anwalt erzählt, dass die Situation für sie unerträglich geworden war. Nichts verband sie mehr mit ihrem Mann, das einzige, was zwischen ihnen stand, war Hass und Ablehnung. Er war cholerisch, rechthaberisch und besitzergreifend. Was immer sie interessierte, lehnte er ab, oft einfach aus Prinzip. Er hatte immer Recht, keine andere Meinung galt als seine eigene und wo er konnte, machte er sie nieder. Jähzorn und oft auch Gewalt bestimmten den Alltag. Der Anwalt hörte sich ihre Geschichte an und meinte:

„Ich sage es Ihnen ganz ehrlich. Wenn sie mit zweiundvierzig von vorne anfangen wollen, ohne Job, ohne eigenes Geld, landen Sie bei der Sozialhilfe, Sie kommen niemals mehr auf die Füße. Beißen Sie die Zähne zusammen und bleiben Sie, wo sie sind."

Völlig niedergeschlagen war sie nach diesem Gespräch nach Hause geschlichen. Das war also der Rest ihres Lebens? Zähne zusammenbeißen und in dieser Situation aushalten? Der Gedanke schien ihr unerträglich. Nicht, dass sie nicht auch Schönes gehabt hätte. Sie hatte keine finanziellen Sorgen, materiell ging es ihr sehr gut, ihre Familie war sehr angesehen in dem kleinen Ort, in dem sie wohnten. Sie hatten zehn Jahre zuvor das große Haus gebaut, in dem ihre Mutter mit eingezogen war und ein Wohnrecht auf Lebenszeit hatte. Sie hatte eine große Terrasse, einen großen Balkon, einen riesigen Garten, ihren Sohn, der ebenfalls unter seinem Vater litt, ein eigenes Auto, zwei süße Hunde, an Materiellem fehlte es ihr nicht. Aber eines hatte sie nicht – ihr Herz war leer, es fehlte das Gefühl und was an Gefühl da war, war negativ.

Am Abend zuvor war er nach Hause gekommen und hatte einen Tobsuchtsanfall bekommen. Irgendwie hatte er von dem Anwaltstermin, der schon sechs Monate zurücklag, erfahren. Woher, konnte sie sich nicht erklären, denn niemand außer ihr und dem Anwalt, wusste davon. Er hatte sie am Kragen gepackt, mit dem Rücken gegen den Küchenschrank gedrückt und sich wutentbrannt vor ihr aufgebaut. Sein Gesicht war rot angelaufen, während die Adern am Hals dick hervorgetreten waren. Mit zusammengekniffenen Augen hatte er die Faust vor ihr Gesicht gehalten und durch die zusammengepressten Zähne gezischt:

„Wenn Du mich verlässt, bringe ich Dich um, das schwöre ich Dir, so wahr ich hier stehe. Niemals wirst Du das überleben. Also überleg Dir gut, was Du tust."

Sie war vor Angst fast erstarrt, denn sie kannte seine Wutausbrüche. Mehr als einmal hatte er Möbel zerschlagen, Geschirr an die Wand geschmissen, nach ihr getreten oder sonstige Affekthandlungen begangen. Kurz vor Weihnachten, ein Jahr zuvor, sammelte er ohne ersichtlichen Grund ihr Scheckkarten ein, ihren Führerschein, nahm alle Papiere mit, die wichtig waren, Bankunterlagen etc. und sagte, er würde sich scheiden lassen und das Haus verkaufen. Sie selbst, aber auch ihre Mutter, waren zu Tode erschrocken und befürchteten, das Zuhause zu verlieren, das Dach über dem Kopf. Corinna war klar geworden, wie abhängig sie war. Sie war nicht berufstätig, sie hatte kein eigenes Geld, sie konnte nichts vorweisen als ihr Hausfrauendasein und damit hatte er sie vollkommen in der Hand. Was immer ihm auch in den Sinn kam, sie war hilflos und konnte sich nicht wehren und sie litt furchtbar unter dieser Tatsache. Mehrmals hatte sie versucht, einen Job zu finden, aber er hatte ihr diese Bemühungen immer und immer wieder zer-stört mit seiner krankhaften und grundlosen Eifer-sucht. Sobald sie aus dem Haus ging, verdächtigte er sie, ihn zu betrügen, fühlte sich hintergangen und beschuldigte sie, Dinge getan zu haben, nach denen ihr nicht mal in Gedanken der Sinn stand, geschweige denn in der Realität. Nie hätte sie sich unterstanden, sich mit einem anderen Mann, sei es auch nur ein Arbeitskollege, zu unterhalten, alleine auszugehen oder ähnliches. Sie hatte lange erkannt, dass sie eine Gefangene war, eine Sklavin, die keinen eigenen Willen haben durfte und dass er ihre Hilflosigkeit schamlos ausnutzte. All das war ihr durch den Kopf gegangen, als er sie wieder einmal mit dem Rücken an die Wand drückte, auch wenn es diesmal der Küchenschrank war.

Plötzlich hatte er eine Pistole in der Hand gehabt und sie ihr an die Schläfe gehalten. Seine Hand hatte gezittert vor angespannter Wut. Sie hatte gehört, wie er die Pistole entsichert hatte und hatte den Finger am Abzug gesehen, der ebenso zitterte. In diesem Moment war etwas in ihr gestorben. Die Todesangst, die sie empfunden hatte, war plötzlich gewichen, sie hatte sich in ihr Schicksal ergeben. Er würde sie jetzt umbringen, hier vor dem Küchenschrank würde sie sterben, ihr Leben war umsonst gewesen. Nie hatte sie das gefunden, was sie sich so sehnlichst wünschte. Sie hatte ausgehalten in einer Ehe, die seit 21 Jahren keine mehr war, in der Hoffnung, irgendwann würde sich etwas ändern, irgendwann wäre das Schicksal mal gnädig und würde ihr das geben, nach was sie sich sehnte – Liebe und Geborgenheit. Es war zu spät, ihr Leben war vorbei, sie hatte es nicht gefunden. Sie hatte ausgehalten aus Bequemlichkeit, um den guten Schein zu wahren, aus Angst und weil man es eben so tut. All diese Gedanken waren im Zeitraffer durch ihren Kopf geschossen, innerhalb einer Sekunde vielleicht, rasend schnell, während all die Angst wich und sie ihm fest und kalt in die Augen gesehen hatte:

„Dann tu's doch. Drück doch ab. Feigling."

Irgendetwas war in ihr, das bettelte jetzt um den Tod. Sie hatte es genau fühlen können. Diese ganze Situation dauerte vielleicht zwei Minuten, aber ihr war es vorgekommen wie ein Leben lang. Nie waren ihre Sinne so geschärft gewesen, hatte sie so viele Gedanken auf einmal gedacht und so viele Gefühle gleichzeitig gefühlt. Es kam ihr vor, als könne sie in die Zukunft sehen. Sie sah ihren zerplatzten Kopf vor sich, Teile ihres Gehirns, das mit Blut gemischt an den Kacheln der Küche klebte und sie sah es und schaute teilnahmslos hin. Genauso teilnahmslos spürte sie die Pistole an ihrer Schläfe. Drückte er jetzt ab oder nicht oder hatte er es schon getan? Was war nun die

Realität? Sie verlor das Zeitgefühl, es war als hätte die Zeit plötzlich angehalten. Sämtliche Angst war aus ihr gewichen mit einem Schlag.

„Dann tu's doch. Drück doch ab. Feigling."

Er hatte geschnauft wie ein wütender Stier und sie hatte ihn innerlich mit sich kämpfen sehen. Sie konnte sich noch erinnern, dass sie kurz dachte, morgen würde in der Zeitung stehen: ‚Familiendrama endete tödlich". Sie war sich die ganze Zeit über dabei vollkommen im Klaren gewesen, hier ging es um sie selbst und um ihr Leben, nicht um irgendwen, der für Schlagzeilen sorgen würde, sondern um sie selbst. Sie wusste noch genau, dass sie sich für eine Sekunde gewundert hatte, dass Sterben so einfach war. Keine Angst mehr, nichts, sie wartete auf etwas, mit dem sie sich abgefunden hatte. Die Wut, die seine Hände zittern ließ, würde ihr Ende sein, aber er drückte nicht ab. War es ihre Gefasstheit gewesen? Hätte er abgedrückt, wenn sie in Todesangst um ihr Leben gefleht und sich irgendwie gewehrt hätte? Sie wusste es nicht. Irgendwann, nach gefühlten Stunden, hatte er die Waffe weggepackt und war ins Bett gegangen, als sei nichts passiert.

Die Nacht hatte sie in der Küche verbracht, saß auf der Eckbank und weinte, während er seelenruhig schlief. Ihr war klar, auf normalem Weg würde sie diese Ehe niemals beenden können, es wäre ihr sicherer Tod. Sie kannte seine Gewaltbereitschaft, er hatte sie wieder einmal gezeigt. Schon einmal war seine Faust in ihrem Gesicht eingeschlagen. Die Narbe der aufgeplatzten Augenbraue hatte sie immer noch. Nachdem sich die Situation entspannt hatte, kam die Angst wieder. Sie zitterte, als hätte sie Schüttelfrost. In dieser Nacht beschloss sie, zu gehen. Fluchtartig, ohne jemandem Bescheid zu sagen, einfach nur weg. Sie wollte sich verstecken, sich ein neues Leben aufbauen, in dem es keinen Hass gab, keine Gewalt und keine Angst. Noch einmal so eine Situation würde sie nicht überleben, das war ihr klar. Sie musste handeln und zwar jetzt, nicht morgen, nicht nächste Woche oder nächsten Monat, sondern jetzt. Sie wurde sich darüber klar, sie musste etwas ändern, sie konnte nicht mehr warten. Wenn nicht jetzt, wann dann? Sie hatte schon viel zu lange gewartet, viele Jahre ohne Leben, viele vertane Jahre.

*

Nachdem ihr Sohn und ihr Mann am nächsten Morgen zur Arbeit gefahren waren, packte sie zwei Reisetaschen mit Kleidung, Waschutensilien und einem Essbesteck, warf die notwendigsten Papiere wie Personalausweis, Geburtsurkunde, Heiratsurkunde usw. in den Rucksack, packte ziellos ein, was sie für wichtig hielt und was der Platz hergab und bestellte ein Taxi für den frühen Nachmittag. Auf dem Küchentisch hinterließ sie einen Brief mit den Worten:

„Ich ertrage diese Ehe nicht mehr. Es braucht mich niemand zu suchen, ihr werdet mich nicht finden, ich komme auch nicht zurück."

Nun saß sie im Taxi auf dem Weg in die Freiheit und wusste nicht, wo er enden würde. Der Fahrer respektierte ihr Schweigen und sagte nichts mehr. Am Bahnhof angekommen, zahlte sie und stieg aus. Tausend Euro hatte sie dabei von seinem Konto, denn sie selbst besaß kein Geld. Sie machte sich keine Gedanken, die hatte sie sich vierundzwanzig Jahre lang gemacht, sie handelte nur noch wie ein Roboter, innerlich getrieben von dem Wunsch, dieses Leben zu beenden, sich selbst zu retten und irgendwie irgendwo neu anzufangen, um endlich das zu finden, was sie sich so sehr wünschte: Geborgenheit und ein kleines bisschen Liebe und Wärme.

Als sie in T. ankamen, half der Taxifahrer, ihr die Taschen aus dem Kofferraum zu heben, sie zahlte und verabschiedete sich freundlich. Mit Reisetaschen und Rucksack beladen ging sie zum Schalter.

„Wohin geht der nächste Zug?" fragte sie den Bahnbeamten an der Fahrkartenausgabe.

„Nach Frankfurt, in zehn Minuten", sagte dieser ziemlich uninteressiert.

„Nein, das meine ich nicht, ich meine den nächsten Fernzug."

„Der geht in zwanzig Minuten über Mainz, Karlsruhe, nach Nürnberg. Intercity. Wo wollen Sie denn hin?"

‚Gute Frage', dachte sie, erwiderte aber „Nach Nürnberg, dann bin ich ja richtig. Ich hätte gerne eine Fahrkarte."

„Wann soll die Rückfahrt sein?" wurde sie gefragt.

„One-Way-Ticket", sagte sie entschlossen, „keine Rückfahrt".

Der Schalterbeamte sah sie merkwürdig an, stellte dann aber die Fahrkarte aus mit Platzreservierung. Gott sei Dank waren noch Plätze frei.

„Ankunft in Nürnberg um 20:08 Uhr", informierte er sie.

Bis alles erledigt war und sie das richtige Gleis gefunden hatte, fuhr der Intercity auch schon ein. Sie suchte den reservierten Platz und verstaute ihre Taschen. Sie hatte ein Abteil für sich alleine, das war ihr grade recht. Langsam machte sich die durchwachte Nacht bemerkbar, sie war müde, aber die Gedanken ließen sie nicht in Ruhe und an Schlaf war nicht zu denken. Immer wieder versuchte sie, sich bewusst zu machen, was sie gerade tat. Sie schaute auf ihre Armbanduhr. Es war 16 Uhr. In spätestens drei Stunden würde ihr Mann nach Hause kommen und den Brief auf dem Tisch finden. Ihr Sohn würde eine Stunde später kommen und bis dahin würde schon das ganze Haus auf dem Kopf stehen. Natürlich würde er ausrasten, sie versuchte, sich auszumalen, was dort zuhause geschehen würde. Irgendetwas würde er zerschlagen, vielleicht den Tisch oder einen Stuhl? Er würde toben und sie in die unterste Hölle wünschen. Ihr Sohn würde verzweifelt sein, aber sie war sicher, dass er wusste, warum sie diesen Schritt tat, sie hatten so oft darüber gesprochen. Sie hoffte und betete, dass ihre Mutter nicht der Schlag treffen würde, sie wollte niemandem wehtun, aber sie wollte einfach dieses Leben nicht mehr ertragen. In drei Stunden….. bis dahin war sie weit genug weg….. hoffentlich. Niemand durfte wissen, wo sie war, wenn er sie finden würde, wäre das ihr sicherer Tod.

Sie verschwendete keinen Gedanken daran, was passieren würde, wenn sie in Nürnberg aus dem Zug aussteigen würde, sie war ganz zuhause und malte sich aus, was dort los sein würde. Die Polizei würden sie informieren, ganz bestimmt. Oder auch nicht? Kümmert sich die Polizei darum, wenn ein erwachsener Mensch geht und einen Abschiedsbrief hinterlässt? Eher nicht. Nein, sie brauchte keine Angst vor der Polizei zu haben, denen ist das egal. Sie musste nur aufpassen, dass sie keine Spuren hinterließ. Sollte der Schalterbeamte ausfindig gemacht werden, so könnte der nur sagen, sie war nach Nürnberg unterwegs, aber Nürnberg ist eine große Stadt, wie sollte man sie dort finden? Sie würde sich erst wieder zuhause melden, wenn sich die Emotionen beruhigt hätten, vorher auf keinen Fall.

Gedankenverloren sah sie aus dem Fenster. Die Luft flimmerte vor Hitze, die Sonne blendete, die

Landschaft rauschte an ihr vorbei wie ihr Leben in ihrem Innern. Der Zug näherte sich Stuttgart. Sie versuchte, die Gedanken abzuschütteln, sich auf das Hier und Jetzt zu konzentrieren. Sie stand auf und streckte sich, strich ihre enge Washout-Jeans glatt und öffnete die blau-gestreifte Bluse zur Hälfte, um die unteren Enden vor dem Bauch zu verknoten. Bauchfrei – mit 42. Sie konnte es sich leisten, ihre Figur war noch die gleiche wie mit achtzehn und jetzt war es nicht mehr verboten, sie zu zeigen, niemand würde mehr eifersüchtige Anfälle bekommen, sie war frei. Auf dieses Gefühl versuchte sie, sich zu konzentrieren.

Langsam übermannte sie doch die Müdigkeit und sie döste vor sich hin. Als sie wieder zu sich kam, war es bereits dunkel, die Uhr zeigte kurz vor 20 Uhr. Oh Gott! Sie waren schon alle zuhause, der Brief war schon gefunden und sie hatte es verschlafen. Daheim tobte jetzt der Wahnsinn und ihr Zug würde gleich in den Nürnberger Bahnhof einlaufen. Zum ersten Mal kam ihr der Gedanke: Was dann? Würden Horden von Polizisten auf dem Bahnhof stehen, die nach ihr suchen würden? Wo würde sie hingehen? Sie hatte soweit nicht gedacht, sie war viel zu beschäftig gewesen mit den Gedanken, was wohl zuhause passieren würde, was sie tun würde, wenn der Zug den Bahnhof erreicht hatte, das wusste sie nicht.

Plötzlich fing sie an zu zittern wie Espenlaub. War es die Anspannung, die wich oder wurde ihr jetzt erst klar, was sie getan hatte? Sie wusste es nicht. Sie wusste im Moment gar nichts. Der Lautsprecher verkündete das Einlaufen des Intercity in den Nürnberger Bahnhof. Sie stand auf und zerrte die Reisetaschen vom Gepäcknetz und wurde sich plötzlich darüber klar, dass sie nun aussteigen musste und dass hier nichts, aber auch gar nichts auf sie wartete. Sie wusste weder, wohin sie gehen sollte, noch zu wem, sie hatte kein Bett mehr und kein Bad, keinen Arzt und keine Freunde, sie kannte nichts und niemanden. Was hatte sie getan? Diese Erkenntnis traf sie wie ein Faustschlag in den Magen. Die Gedanken an zuhause waren mit einem Schlag weg, hier stand sie nun, so einsam und allein wie noch nie in ihrem Leben und nun ging es darum, dieses Leben irgendwie zu retten. War das die Freiheit? Fühlt sich so Freiheit an? Dann ist Freiheit Leere, absolute, unendliche Leere, in der es nichts gibt, als sie selbst, sie allein mit sich, mit ihren Gedanken, Wünschen und Hoffnungen. Dieses Gefühl war mit einem Mal so unendlich stark und mächtig, dass sie fürchtete, davor in die Knie zu gehen. Zitternd und wackelig schleppte sie die Taschen in den Gang und reihte sich in die Menschen ein, die hier aussteigen wollten. Als der Zug hielt und die Türen sich öffneten, hievte sie mit letzter Kraft ihr Gepäck hinaus, stellte alles auf dem Bahnsteig ab und versuchte zuerst einmal, ihren schlotternden Körper wieder in den Griff zu bekommen. Niemand nahm sie wahr. Um sie herum fielen sich Menschen in die Arme, wurde geherzt und geküsst, wurde sich begrüßt und verabschiedet, wurde gelacht und geschnattert. Sie kam sich vor wie auf einem fremden Planeten – allein, ausgestoßen, ziel- und planlos. Und jetzt?

Sie spürte, wie Tränen ihr die Wangen herunterliefen. Was hatte sie getan? Was hatte sie sich erhofft? Dass hier der Nürnberger Bürgermeister auf dem Bahnsteig stand und sie herzlich willkommen hieß? Sie nahm ihr Gepäck auf und schleppte es zu einer Bank, auf die sie sich erst einmal fallen ließ. Es war frisch. Eine bauchfreie Bluse war nicht mehr angebracht. Irgendwo hatte sie trotz der hochsommerlichen Temperaturen einen Parka eingepackt, aber wo? Sie durchwühlte ihre Reisetaschen und fand ihn dann in der einen ganz unten. Auspacken, umpacken, wieder einpacken. Wohin mit dem ganzen Zeug? Es gab keinen Schrank mehr, in dem man seine Sachen verstauen konnte.

Sie zog sich den Parka über und blieb auf der Bank sitzen, um zu versuchen, das innere Chaos in den Griff zu bekommen. Sie war doch nicht umsonst

20

gegangen. Seit Jahren hatte sie versucht, einen Weg aus dieser Ehe zu finden und einen normalen Weg gab es nicht, zumindest keinen, den sie überlebt hätte. War ihre Entscheidung falsch? Nein, sie war jetzt frei. Sie kam mit dieser Freiheit noch nicht zurecht, sagte sie sich, das müsse sie eben lernen. Die Entscheidung war getroffen und bei dieser Entscheidung blieb es jetzt, es gab kein Zurück mehr. Würde sie zurückgehen, würde er sie diesen Schritt bereuen lassen, Tag für Tag, sie würde noch mehr leiden als vorher. Nein, sie war jetzt hier und jetzt musste sie einen Weg finden, zurechtzukommen. Irgendwie…….

Lange saß sie in ihren Parka gemummelt auf der Bank auf dem Bahnsteig und versuchte, Ordnung in ihre Gedanken zu bekommen. Was zuhause ablief, was sie nun tun sollte, ob die Entscheidung richtig war oder nicht……. es war nicht möglich, Ordnung ins Innere zu bringen, sie versuchte, das zuerst einmal so zu akzeptieren und den nächsten Schritt zu überlegen. Sie musste die Nacht irgendwie überstehen. Wo und wie? Wieder packte sie ihre Taschen um. Das Notwendigste kam in den Rucksack, die Reisetaschen verstaute sie in einem Schließfach. Nur mit dem Rucksack war es leichter, sich zu bewegen. Sie hatte seit morgens nichts mehr gegessen und stellte nun langsam fest, dass sie Hunger hatte. In der Nähe gab es ein Bahnhofsrestaurant, das scheinbar durchgängig geöffnet hatte. Sie brauchte einen Kaffee.

Die Gaststätte war leer, scheinbar war um diese Zeit keiner mehr unterwegs. Es war inzwischen kurz nach Mitternacht. Sie bestellte sich einen Cappuccino und ein belegtes Brot. Nachdem sie sofort bezahlt hatte, rechnete sie aus, wie weit sie mit ihren tausend Euro kommen würde. Ewig würden die nicht reichen, sie brauchte einen Job. Gleich morgen würde sie anfangen, sich nach einer Arbeit umzusehen. Wie groß würden ihre Chancen sein? Seit zwanzig Jahren war sie Hausfrau. Die Hoffnung begann zu schrumpfen.

‚Nein‘, schalt sie sich selbst in Gedanken, ‚geht gar nicht. Ich darf jetzt nicht resignieren. Das erste Ziel ist jetzt ein Job. Keine lähmenden Gedanken, keine Hoffnungslosigkeit, ich habe es so gewollt, ich habe es so getan und jetzt ziehe ich das durch.‘

Sie sprach sich Mut zu, versuchte, nicht in Verzweiflung abzustürzen. Als allererstes musste die Nacht überstanden werden. Sie spürte eine bleierne Müdigkeit und sehnte sich nach einem Bett, aber wo sollte sie um diese Zeit – es war fast zwei Uhr in der Nacht – noch ein Bett herbekommen? Ein Hotel? Ging nicht, sie musste sparen. Um nicht in der Gaststätte einzuschlafen, warf sie ihren Rucksack über die Schulter und ging an die frische Luft. Ein frischer, kühler Hauch streifte ihr Gesicht und brachte die Lebensgeister etwas zurück. Sie musste sich bewegen, um die Müdigkeit zu vertreiben. Also begann sie, die Straße entlang zu gehen, in eine Seitenstraße abzubiegen, in eine weitere. Würde sie wieder zurückfinden zum Bahnhof und ihren Reisetaschen im Schließfach? Am Morgen könnte sie jemanden fragen, wenn die Menschen ausgeschlafen hatten, wieder jemand auf der Straße war, im Moment war sie mutterseelenallein, die Welt schien gestorben und sie war die einzig Überlebende nach einem Atomkrieg.

Sie kam an einem Kinderspielplatz vorbei mit Bänken, die zwischen Büschen standen, versteckt und am Tag sicherlich schattig, jetzt in der Nacht verträumt und ein winzig kleines bisschen Geborgenheit versprechend. Sie suchte sich eine Bank aus, die sich zwischen zwei riesige Büsche schmiegte, legte den Rucksack darauf und sich selbst ebenfalls, um die müden Glieder einmal auszustrecken. Den Rucksack als Kopfkissen benutzend, schlief sie innerhalb weniger Sekunden ein.

*

23

Lautes Autohupen weckte sie. Zuerst wusste sie gar nicht, wo sie war. Langsam kam die Erinnerung wieder und traf sie wie ein Blitz. Sie war gegangen, gestern. Sie hatte sich in den Zug gesetzt und war geflüchtet mit einem One-Way-Ticket ins Unbekannte, ins Namenlose, auf dem Weg, ein Zuhause zu finden, irgendwo auf dieser Welt. Die Sonne ging grade auf und tauchte die Umgebung in ein warmes Licht. Sie befand sich auf einem Kinderspielplatz, um sie herum sah sie Wohnblocks, einen neben dem anderen, auf der Straße war das Leben erwacht, die Menschen waren auf dem Weg zur Arbeit. Berufsverkehr. Sie erinnerte sich an ihren Rucksack. Der war noch da, Gott sei Dank. Sie öffnete ihn. Auch der Geldbeutel war noch da. Plötzlich wurde ihr bewusst, dass das, was sie tat, gefährlich war. Sie befand sich in einer Großstadt, wo niemand den anderen kannte, wo tagtäglich schlimme Dinge passierten, wo es Mord und Totschlag gab und wo eine Frau nachts nicht auf Spielplätzen herumhängen konnte. Für die nächste Nacht musste sie sich etwas anderes überlegen.

Sie zündete sich eine Zigarette an und fragte sich gleichzeitig, wie lange sie sich das Rauchen noch würde leisten können? All diese alltäglichen Dinge, über die man sich sonst nie Gedanken macht, bekamen mit einem Mal eine andere Dimension.

Sie musste aufs Klo, aber es gab kein Badezimmer mehr. Ein Kaffee wäre nicht schlecht am frühen Morgen, aber eine Kaffeemaschine, bei der man mal eben aufs Knöpfchen drücken konnte, hatte sie nicht mehr. Den schalen Geschmack im Mund wäre sie gerne losgeworden, indem sie sich die Zähne geputzt hätte, aber wo? Es gab auch kein Waschbecken mehr, kein Handtuch, keine Dusche. Und wieder stieg dieses Gefühl in ihr auf, das ihr sagen wollte: Du hast das Falsche getan, der Anwalt hatte recht. Du wirst nicht mehr auf die Füße kommen und bei der Sozialhilfe landen. Du hast nicht gewusst, was du alles hast und hast einfach alles weggeschmissen, nur der Gefühle wegen. Bist Du bescheuert? Geschieht Dir ganz recht, wenn Du jetzt nicht weiter weißt. Du bist egoistisch und dumm, Du bist so dumm, dass es weh tut, Du wirst es nicht schaffen, niemals, Du hast nichts und niemanden mehr.

Ein Anflug von Selbstmitleid drohte, sie in Grund und Boden zu drücken, wieder rannen die Tränen, bis sie sich sagte: Nein, nein, nein, es blieb mir keine Wahl. Ich ziehe das jetzt durch und basta. Jetzt geht es mal um mich, einmal in meinem Leben geht es mal um mich.

Sie kramte einen Taschenspiegel hervor und wischte mit einem Tempo und Spucke die verlaufene Wimperntusche aus ihrem Gesicht, strich sich die Haare glatt, entfernte die Tränenspuren und beschloss, irgendwo einen Kaffee zu trinken. In der Nähe des Spielplatzes fand sie eine Bäckerei, die schon geöffnet hatte. Es war kurz nach sieben Uhr. Leute kauften Café to go, Brötchen und Brezeln, andere standen an den Stehtischen und im Innenraum waren auch einige Tische mit Sitzplätzen. Eine ältere Frau schlürfte einen Kaffee laut hörbar durch ihre Zahnlücken. Sie sah aus wie eine Pennerin. Sie setzte sich an den Nebentisch, nicht ohne zu denken ‚Blüht mir dieses Schicksal auch?' Es gruselte sie, so wollte sie nicht enden, aber momentan sah alles danach aus. Um dem entgegenzuwirken, würde sie sich heute aufmachen und nach Arbeit suchen. Egal was, es musste etwas her, das Geld einbrachte. Sie bestellte sich ein trockenes Brötchen und ein Kännchen Kaffee.

Nachdem sie sich gestärkt hatte, nahm sie ihren Rucksack, ging auf die Toilette, wusch sich an dem klitzekleinen Handwaschbecken das Gesicht, putzte sich die Zähne, schminkte sich und kämmte sich die Haare. Wer auf Jobsuche geht, muss wenigstens passabel aussehen. Sie zahlte ihr Frühstück mit einem schlechten Gewissen, das sie künftig immer haben sollte, wenn sie auch nur einen Euro ausgab, kaufte sich an der Theke eine aktuelle Tageszeitung und verließ das Café, um zurück zum Spielplatz zu gehen und die Tageszeitung zu studieren. Wohnungs-anzeigen und Stellenangebote. Eine Wohnung würde sie nicht bekommen, wenn sie sie nicht bezahlen konnte, also war zuerst einmal ein Job wichtig. Mit einem Kugelschreiber kreuzte sie mehrere infrage kommende Stellenangebote an, riss die Seite der Zeitung heraus und warf den Rest in den neben der Bank stehenden Papierkorb. Sie musste bei allen anrufen. Das nächste Problem – wie? Sie hatte kein Telefon mehr. Ein Handy hatte sie nie besessen und somit war sie mehr oder weniger von jeglicher Kommunikation abgeschnitten.

Corinna schulterte erneut ihren Rucksack und machte sich auf die Suche nach einer Telefonzelle. Nicht weit entfernt fand sie eine. Aber, oh Schreck, kein Münzeinwurf möglich, man brauchte eine Telefonkarte. Wo gab es eine Telefonkarte? Sie erinnerte sich – bei der Post. Wo war die Post? Sie fragte Passanten auf der Straße und ließ sich den Weg beschreiben. Nach einer Stunde fand sie das Postamt und erstand eine Telefonkarte für 20 Euro. Ihr Geld nahm bedrohlich ab, das konnte so nicht weitergehen. Sie sparte die Telefonkarte auf und nutzte die Telefonzelle im Postamt, man konnte das Gespräch am Schalter zahlen. Eine

Stellenanzeige nach der anderen telefonierte sie ab, aber es waren alle Stellen schon vergeben. Seltsam, es war gerade erst kurz vor Mittag und schon alle Stellen weg? Morgen würde sie früher anrufen, gleich um acht Uhr.

Sie überlegte, wie sie den Tag verbringen sollte und vor allem die nächste Nacht. Zu ihrem Glück war das Wetter wie gestern, sehr sonnig, wolkenloser Himmel und fast 30 Grad. Der Parka belastete sie, aber in der Nacht würde sie ihn wieder brauchen. Sie band ihn an den Ärmeln um die Hüfte, fiel aber natürlich auf. Kein Mensch lief mit einem dicken Parka herum, die Leute trugen leichte Sommerkleider, Shorts und Capri-hosen. Etwas ratlos stand sie vor dem Postamt und wusste nicht, wohin. Schon wieder knurrte ihr Magen. Sollte sie schon wieder essen gehen? Das war unmöglich, viel zu teuer. In der Nähe machte sie einen Supermarkt aus und beschloss spontan, einzukaufen. Zehn Euro, mehr wollte sie nicht ausgeben. Sie ging durch die Regale und resignierte. Nudeln konnte sie nicht kochen, sie hatte keinen Herd. Fertiggerichte konnte sie nicht warm machen, sie hatte keine Mikrowelle. Fleisch? Schon gar nicht möglich, keine Pfanne, kein Herd. Was blieb noch übrig? Rohkost, Kekse, Chips und Salzstangen, Obstkonserven mit Ringdeckel, denn einen Dosenöffner hatte sie auch nicht und Industriebrot. Sie erstand eine Packung Brot, eine Tafel Schokolade, zwei Äpfel, zwei Flaschen Wasser und einen Bund Möhren. Der Rucksack wurde schwer. Auf dem Weg vom Supermarkt irgendwohin, kam sie an einem Gemüsemarkt vorbei. Hausfrauen mit Einkaufskörben voll gesunder Sachen kreuzten ihren Weg. Zu diesen Hausfrauen hatte sie gestern noch gehört. Es kam ihr unwirklich vor, wie aus einem anderen Leben. Aber eigentlich, dachte sie, hatte sie nie zu diesen Hausfrauen gehört. Sie hätte gerne, ja, aber nie hatte es jemand gewürdigt, wenn sie sich bemühte, gesundes Essen auf den Tisch zu stellen, etwas Schmackhaftes zu kochen, die Familie zu versorgen. Was würden sie wohl heute essen? Nichts wahrscheinlich, der Appetit würde ihnen vergangen sein. Es geschieht ihnen recht, dachte sie, immer war ich nur der Dienstbote. Einmal flog ein Teller an die Wand mitsamt dem Essen darauf, weil sie sich erlaubt hatte, etwas Besonderes zu kochen. Sauerkraut mit Ananasstückchen. Nie würde sie dieses Theater vergessen. Extra war sie einkaufen gewesen, hatte das Rezept in einer Frauenzeitschrift gefunden und es sah so lecker aus. Mit viel Mühe und Liebe bereitete sie das Essen zu und war stolz, einmal etwas anderes bieten zu können als die übliche Hausmannskost. Beim ersten Biss auf ein Ananasstück hatte er sie angeschrien: „Was ist das denn? Bist Du übergeschnappt? Da freut man sich aufs Essen und dann bietest Du einem so einen Fraß an?" Mit diesen Worten flog der Teller an die Wand, zersprang in viele Stücke und das Ananaskraut samt Kartoffelbrei, selbstgemacht natürlich, klebte an der Tapete. Den Fleck sah man heute noch. Eine Erinnerung, wie so viele. Ob es diesen ganzen Hausfrauen auch so ging? Ob sie das einfach schluckten, so wie sie es vierundzwanzig Jahre getan hatte oder ob bei allen Friede zuhause herrschte, Einvernehmen und Glück? Sie wusste es nicht, sie wusste nur, bei ihr war jeder Tag ein Bangen gewesen, ein Bangen vor seiner Laune, ein Hoffen auf Ruhe und ein Warten auf den nächsten Wutanfall. Am Ende war es so gewesen, dass sie mit ihrem Sohn dasaß und je näher der Punkt rückte, an dem er nach Hause kam, umso gedrückter wurde die Stimmung. Nein, sagte sie sich wieder, ich habe das Richtige getan, es gab keine andere Möglichkeit mehr.

Sie verließ den Wochenmarkt und schlenderte an einer Buchhandlung vorbei, die in einem großen Warenkorb Schnäppchen vor der Ladentür präsentierte. Corinna liebte Bücher, zuhause hatte sie eine ganze Regalwand voll besessen. Geschichte. Vorbei. Sie würde sich ihr erstes Buch im neuen Leben kaufen, einen Schatz, der ihr helfen würde, die endlosen Stunden am Tag zu verkürzen. Wahllos stöberte sie in der Auslage. Liebesromane, Krimis, Thriller, Kochbücher und Ratgeber für alle Lebenslagen, nichts von Interesse. Dann entdeckte sie im Schaufenster ein Buch, das ihre Aufmerksamkeit auf sich zog. „Schicksalsgesetze" sprang ihr in großen Buchstaben entgegen. Genau das brauchte sie jetzt, auch wenn es teuer war. Sie kaufte das Buch und genoss ein kleines Glücksgefühl, als hätte sie jetzt die Lösung für alle Dinge in der Hand. Auf dem Weg zurück zum Kinderspielplatz, der so etwas wie eine feste Anlaufstelle geworden war, wurde ihr Schritt fester. Genau, das ist jetzt mein Schicksal, ich nehme es an, man darf bloß nicht aufgeben. Dabei hatte sie noch keine Zeile gelesen.

Der Kinderspielplatz war besetzt. Alle Bänke, auch die, die in der Nacht ihr Bett gewesen war, waren von jungen Müttern bevölkert, die Kinder sprangen im Sandkasten herum, kletterten auf dem Klettergerüst oder schaukelten und wippten. Das Geschrei war unerträglich, sie wollte Ruhe. Ihr Weg führte sie weiter durch Straßen, an Haltestellen vorbei, durch Unterführungen, über Straßenbahngleise.....diese Stadt war so riesig, man konnte endlos laufen, sie hörte nirgends auf. Sie hatte keine Ahnung wo sie war und dachte einen Moment an den Bahnhof und ihre Reisetaschen im Schließfach. Morgen wollte sie danach schauen, jetzt brauchte sie einen Platz, wo sie ungestört lesen und sich in ihrem neuen Schatz verlieren konnte. Nach ca. einer Stunde Fußmarsch kam sie an einen Park. Ein Brunnen spie Wasser in einer Fontäne in die Luft. Auch hier war viel los. Mütter und Kinder, Jogger, Leute mit Hunden und Kinderwägen, es schien, als sei die ganze Bevölkerung der Erde hier versammelt. Etwas weiter weg sah sie einen kleinen Teich, an dessen Rand eine Trauerweide stand. Darauf steuerte sie zu, schob die Zweige zur Seite, die bis auf den Boden reichten und legte am Stamm ihren Parka aus, um sich darauf niederzulassen. Wie ein kleines Baumhaus, dachte sie. Geschützt durch die herabhängenden Zweige hatte sie fast das Gefühl, in einem eigenen Raum zu sein. Das war der richtige Platz. Sie legte sich hin und begann zu lesen.

Vom Wollen war die Rede, von Anstrengung und Motivation, vom Wünschen und von Absichten. Anders als erwartet sagte das Buch nicht aus, man müsse sich sonderlich anstrengen, wenn man etwas erreichen will, sondern eher das Gegenteil. Loslassen war das Thema. Zufriedensein mit dem, was ist. Sich das vorstellen, was man möchte, absichtslos, so tun, als hätte man es schon, einfach nur träumen. Corinna fand diese Sichtweise faszinierend. So einfach sollte das sein? Einfach nur träumen? Ein Satz prägte sich ihr besonders ein: Was nicht von selber zu Dir kommt, will nicht in Dein Leben und gehört nicht zu Dir.

Sie war von dieser Theorie hin und weg, dieses Buch hatte sie gefunden und nicht umgekehrt. Alles kommt zum rechten Zeitpunkt. Das Schicksal lässt Dich nicht allein. In dem Moment, wo Du anfängst, etwas zu wollen, verhinderst Du es. Das Universum hält alles für Dich bereit, was Du brauchst zum Glücklichsein. Lass alles los, gib alle Wünsche auf, träum Dich absichtslos zu Deinem Glück.

„Wow", sagte sie laut zu sich selbst, „das ist es, deshalb klappt es bei mir nie. Ich will zu viel. Ich will glücklich sein, ich will ein Zuhause, ich will immer. Darum bekomme ich es nicht. Jetzt ist mir das klar. Ab heute läuft das anders."

Sie nahm ihren Kugelschreiber heraus und malte auf die erste leere Seite des Buches ein großes Herz und schrieb in die Mitte: Ich bin glücklich.

Es war unglaublich. Dieses Buch war ein Goldschatz, sie fühlte es plötzlich, es war alles da in ihrem Leben, es fehlte ihr nichts. Sie war der glücklichste Mensch der Welt und sie war frei. Wozu sich noch Sorgen machen? Das Buch hatte so recht. Alles würde gut werden, alles würde sie bekommen, was sie sich wünschte, ein Zuhause, Liebe, Geborgenheit, sie musste es sich nur vorstellen. Logisch fehlte ihr das immer, sie wollte es ja haben und das Wollen verhinderte es. Sie lachte laut auf. Wie einfach doch alles war. Wieso wusste sie nie etwas davon?

Sie packte das Buch in ihren Rucksack wie einen kostbaren Schatz, schüttelte den Parka aus und kroch unter dem Blätterdach hervor. Die Sonne stand schon ziemlich tief und der Park war deutlich leerer geworden. Eine junge Frau sauste auf Inlinern an ihr vorbei, ein Hund jagte einer Frisbee-Scheibe hinterher und irgendwo plärrte ein Baby. Das alles war so unwichtig geworden, plötzlich schien alles so leicht und mit einem Lächeln auf den Lippen schlenderte sie zurück zur Hauptstraße. Ein neues Leben, eine neue Sichtweise, das Glück konnte kommen. Sie war plötzlich ganz ruhig innerlich und hatte das Gefühl, zu strahlen.

An der Hauptstraße angekommen, wusste sie nicht mehr, aus welcher Richtung sie gekommen war. Sie war so weit gelaufen, wie sollte sie zurückfinden? In der Nähe sah sie einen Taxistand, dort könnte sie fragen. Taxifahrer kennen sich aus. Aber wo wollte sie überhaupt hin? Zum Kinderspielplatz in der Nähe vom Bahnhof? War das ihr neues Zuhause? Nein, sie wollte zum Bahnhof selbst, sie musste nach ihren Reisetaschen schauen und sich frische Wäsche besorgen und für weitere Zeit das Schließfach bezahlen.

Sie sprach eine Taxifahrerin an mit kupferrotem Haar, die eine Zeitung las und das Fenster heruntergekurbelt hatte.

„Hallo, können Sie mir sagen, wie ich zum Bahnhof komme?"

„Zum Hauptbahnhof?"

„Ja."

„Oh, das ist ein Stück zu laufen. Möchte Sie, dass ich Sie hinbringe?"

„Mögen würde ich das schon, aber ich könnte es nicht bezahlen, daher muss ich leider zu Fuß gehen."

„Ich bin Isabelle", stellte sie sich vor, „komm setz Dich mal hier rein, ich male Dir den Weg auf. Das ist dann einfacher."

Während Corinna sich auf dem Beifahrersitz niederließ, machte Isabelle eine Skizze auf einen großen Notizblock.

„Du bist nicht von hier?", fragte sie neugierig.

„Nein", gestand Corinna, „ich bin gestern hier gestrandet, im wahrsten Sinne des Wortes. Ich habe ein One-Way-Ticket gekauft, bin quer durch Deutschland gefahren und stehe nun hier auf ziemlich verlorenem Posten. Ich bin auf der Flucht vor meinem Mann, wenn er mich findet, bringt er mich um."

„Ach Du lieber Gott", sagte Isabelle bestürzt, „Du, das kenne ich. Ich war mal im Frauenhaus. Mein Ex hat nur gesoffen und mich geprügelt, irgendwann ging es nicht mehr. Ich verstehe Dich also sehr gut. Wie kann ich Dir helfen?"

Corinna lächelte. Eine Verbündete, das war ja unglaublich. Ihr erster Kontakt in diesem neuen Leben und dann schon eine Verbündete. Sie traute ihren Ohren nicht.

„Oh je", sagte sie dann, „ich brauchte viele Hilfe. Ich brauche einen Job, ich brauche eine Wohnung, ich brauche irgendetwas, wo ich nachts schlafen kann und ich brauche natürlich auch Geld, um zu überleben. Aber ich hoffe, dass sich alles regeln wird."

„Weißt Du was?", sagte Isabelle, „Ich bekomme viel mit, ich würde sagen, wir bleiben in Verbindung, was denkst Du? Wenn ich etwas von einer Wohnung höre oder von einer freien Stelle, werde ich Dir Bescheid sagen. Ich frage auch die Kollegen, die helfen bestimmt auch gerne. Wo hast Du denn die letzte Nacht verbracht?"

„Auf der Bank auf einem Kinderspielplatz in der Nähe vom Bahnhof."

„Wie heißt Du eigentlich?"

„Oh, sorry, ich bin Corinna."

„Hör mal, Corinna, die Großstadt hat zwei Gesichter. Ein friedliches am Tag und ein sehr böses und gefährliches in der Nacht. Du kannst nicht nachts auf irgendwelchen Bänken verbringen, das ist viel zu riskant. Oder willst Du irgendwann den nächsten Morgen nicht erleben?"

„Meinst Du?" fragte Corinna erschrocken. „Aber wo soll ich denn hin?"

„Nein, ich meine nicht, ich weiß", sagte Isabelle bestimmt. „Du kommst vom Dorf, richtig?"

„Ja", gestand Corinna kleinlaut, „merkt man das so sehr?"

„Na, wer nachts in der Großstadt auf Bänken schläft, als Frau alleine und dann noch eine, die so hübsch ist wie Du, der hat nicht alle Tassen im Schrank oder keine Ahnung." Sie lachte laut auf. „Wir werden etwas finden für Dich und bis dahin kommst Du hierher, ich mache Dich mit den Kollegen und Kolleginnen bekannt, das sind alles nette Menschen und wir stehen die halbe Zeit hier rum und warten darauf, dass die Zentrale uns zu einem Fahrgast schickt. Solange wir hier stehen und warten, hast Du immer ein Taxi, in dem Du sicher bist. Vor allem in der Nacht. Ich fahre ab heute auch nachts. Wieder mal. Ich habe meinen Dienst erst angetreten, schau, es ist kurz vor neunzehn Uhr. Bis morgen früh um sieben bin ich im Einsatz. Deine Nacht ist also gerettet." Sie blinzelte Corinna zu.

„Das ist aber nett von Dir, danke. Wenn ich nicht störe, nehme ich das Angebot gerne an."

„Klar doch, mach das. Du wirst die Kollegen noch kennenlernen und dann machen wir uns auf die Suche nach einer Bleibe für Dich und einem Job."

„Hast Du viele Kollegen?"

„Es gibt in Nürnberg hunderte Taxis. Ich kenne lange nicht alle, aber die, die hier am Stand stehen oder in der Nähe, die kenne ich natürlich. Die, die beim gleichen Unternehmer arbeiten, sowieso. Hast Du schon was gegessen?"

„Ja, einen Apfel."

„Einen Apfel? Was willst Du denn mit einem Apfel?"

Sie griff hinter sich und zog eine Tasche hervor, aus der sie eine Thermosflasche kramte und eine Brotbox. Den Deckel der Flasche schraubte sie ab und goss dampfend warmen Kaffee ein.

„Hier hast Du mal einen Kaffee. Ich gebe Dir die Hälfte von meinem Brot. Ist Camembert drauf, ich hoffe, den magst Du?"

Corinna kam aus dem Staunen nicht mehr heraus. Da teilte eine wildfremde Frau mit ihr ihr Essen und ihren Kaffee ohne mit der Wimper zu zucken.

Das Universum sorgt für Dich, Du musst Dir keine Mühe geben….. Sollte das Buch schon wirken?

Ein Funkspruch kam, das erste Taxi in der Reihe fuhr weg, Isabelle rückte nach und stand nun als erstes.

„Der nächste, der fahren muss, bin ich, aber ich komme hierher zurück, wenn die Fahrt zu Ende ist. Wenn ich gerufen werde, musst Du leider aussteigen. Schau mal, da hinten ist ein Bushäuschen, da kannst Du warten, da ist es trocken und nicht so zugig. Sobald ich wieder da bin, kannst Du wieder einsteigen. Normalerweise dauern die Fahrten nicht so lange, das meiste ist innerhalb der Stadt. Wenn Du die Kollegen mal kennst, kannst Du einfach umsteigen in den Wagen hinter uns."

„Ja, okay, verstanden", sagte Corinna mit vollem Mund. Ein dick belegtes Brot, frisch, selbstgemacht, sie hatte nie etwas Köstlicheres gegessen und strahlte Isabelle an. Die strahlte zurück. Der Funkspruch kam, Corinna kippte den Rest Kaffee hinunter und stieg aus.

„Danke, Du bist sehr, sehr nett", sagte sie.

„Keine Ursache", antwortete Isabelle, „warte einfach, es ist nur eine Krankenfahrt, ich bin bald wieder da."

Corinna verschwand in die überdachte Bushaltestelle, zog ihren Parka an, denn es war wieder frisch geworden und setzte sich auf die Bank. Hier fühlte sie sich sicher. Einige Jugendliche lungerten herum, die ihr unheimlich waren, aber die Taxis standen in der Nähe und wenn etwas sein sollte, würde bestimmt einer der Taxifahrer eingreifen. Ihre Gedanken flogen nach Hause. Jetzt hatten sie den ersten Tag ohne sie hinter sich. Was dort wohl jetzt los war? Sie verdrängte diese Dinge und versuchte, sich auf das Hier und Jetzt in ihrem Leben zu konzentrieren. Das andere Leben war vorbei. Isabelle war im Frauenhaus gewesen, diese Möglichkeit schied für sie aus, auf dem Dorf gab es keine Frauenhäuser, da bleiben die Frauen in ihren Ehen oder trennen sich auf normale Weise. Sie wusste, was man daheim in ihrem Ort sagen würde. Wie kann dieses Biest nur so einen guten Mann verlassen? Der äußere Schein hatte immer gestimmt. Ein treu sorgender Ehemann, der sich um den Verstand arbeitete. Wie es in den vier Wänden hinter der geschlossenen Tür aussah, das wusste niemand. ‚Nicht mehr dran denken', sagte sie sich, ‚jetzt hier die Nacht überstehen, dann schauen, was der Tag morgen bringt'.

Es dauerte fünfzig endlose Minuten, dann war Isabelle wieder da und hupte kurz, um auf sich aufmerksam zu machen. Sie parkte nun als letztes Taxi. Corinna hüpfte förmlich aus ihrer Bushaltestelle vor lauter Freude, die neu gewonnene Bekannte wiederzusehen. Isabelle stieg aus und packe Corinna am Oberarm mit den Worten:

„Komm mal mit".

Dann riss sie die Tür des Taxis vor ihr auf, in dem ein ziemlich dicker Mann mit Glatze saß, vielleicht Ende fünfzig, und stellte Corinna vor:

„Helmut, ich habe grade ein Pflegekind bekommen. Das ist Corinna, sie kam gestern erst hier an und ist noch völlig plan- und ziellos. Sie ist aus einer grausamen Ehe geflohen, so wie ich damals. Wir müssen uns ein bisschen um sie kümmern."

„Ja, geht klar", sagte Helmut mit rauer Stimme, „hallo Corinna". Er hielt ihr die Hand hin und Corinna schlug beherzt ein.

„Hallo Helmut, ich bin euch dankbar für eure Hilfe."

„Ist doch Ehrensache", zwinkerte Helmut. „Wir sind hier ein tolles Team, Du kannst Dich auf uns verlassen."

„Danke, wirklich."

Isabelle warf ihre aufgerauchte Zigarette weg und zog Corinna weiter zum nächsten Taxi, das davor stand. Auch hier riss sie einfach die Tür auf. Drin saß eine hübsche Mitdreißigerin mit langen schwarzen Haaren.

„Babsi", sagte Isabelle, „ich will Dir jemanden vorstellen. Das ist Corinna, sie ist aus ihrer Ehe geflohen und steht momentan etwas verloren hier in der Großstadt. Ich sagte, wir werden uns etwas um sie kümmern, mich erinnert das zu sehr an mein eigenes Schicksal. Wenn ich mal nicht da bin, dann springst Du bitte ein." Und zu Corinna gewandt zwinkerte sie: „Babsi ist die Tochter des Unternehmers, was sie sagt, wird gemacht."

Babsi lächelte. „Klar, wir sind immer hilfsbereit, außerdem müssen wir Frauen zusammenhalten, oder?"

„Eben", bestätigte Isabelle und „Danke", sagte Corinna nochmal. Ihr verschlug es die Sprache.

Diese Nacht verbrachte sie nicht auf der Bank auf dem Kinderspielplatz, sondern im Kreis der Taxifahrer und Fahrerinnen. Im Laufe der Nacht lernte sie alle kennen, alle waren nett, freundlich und gut aufgelegt. Sie bekam Kaffee von jedem, man bot ihr an, das Essen mit ihr zu teilen, einer besorgte warme Pizza und für sie gleich eine mit und sie glaubte sich schon im siebten Himmel. Freiheit konnte auch schön sein.

Als die Sonne aufging und die Nachtschicht zu Ende war, sagte Isabelle:

„Ich nehme Dich mit, wir kommen auf dem Heimweg an der Stadtbibliothek vorbei. Da gehst Du rein, hängst Dich irgendwo ins Eck und machst ein Schläfchen und heute abend um neunzehn Uhr bin ich wieder am Stand. Ich würde Dich ja mit nach Hause nehmen, aber ich habe nur eine Ein-Zimmer-Wohnung und die teile ich noch mit meiner Mutter."

„Kein Problem", sagte Corinna. „Kommst Du auf dem Heimweg auch am Bahnhof vorbei?"

„Musst Du da hin?"

„Ich habe mein Gepäck in einem Schließfach und ich brauchte mal neue Wäsche."

„Ah ja, ist klar. Komm, wir fahren zum Bahnhof."

*

Nachdem Isabelle weg war, suchte Corinna ihr Schließfach und durchwühlte die Reisetaschen nach frischer Wäsche. ‚Eine Dusche wäre nicht schlecht', dachte sie, sah aber keine Möglichkeit, diesen Wunsch zu realisieren. Sie erinnerte sich an ihr Buch. Seit sie es gelesen hatte und dieses Glücksgefühl in sich spürte, das sich nach dem Lesen einstellte, war viel passiert. Sie hatte Leute kennengelernt, Kaffee und Brote mit ihnen geteilt, als wäre es das Selbstverständlichste auf der Welt und man hatte ihr sogar eine warme Pizza geschenkt. Man wollte sich um sie kümmern, sie war nicht mehr allein. Das Universum hatte ihr diese Leute geschickt, das nur, weil sie die Taxifahrerin nach dem Weg fragen wollte. Das Leben war wunderbar. Alles würde gut werden, alles. Und das Buch, das ihr aus dem Schaufenster entgegengelacht hatte, das stand nur für sie dort, das war sicher. Es war die beste Investition ihres Lebens.

Sie ging zur Bahnhofsgaststätte, wusch sich auf der Toilette mit eiskaltem Wasser, putzte die Zähne und zog sich um. Wieder so ein Gedanke: Was ist, wenn die Wäsche aufgebraucht ist? Was mache ich dann? Aber sie schob diese Gedanken beiseite, das Schicksal würde dafür sorgen, dass alles seinen Gang ging. Sie war plötzlich voller Vertrauen. Seit gestern. Seit diesem Buch.

In der Bahnhofsbücherei kaufte sie eine aktuelle Tageszeitung und machte sich über die Stellenangebote her. Sie riss das Blatt aus der Zeitung und ging sofort zur nächsten Telefonzelle, um die Angebote abzutelefonieren. Aber wieder hatte sie Pech. Stelle schon besetzt (wie kann das sein morgens um 8 Uhr?), sie war zu alt, man suchte jemand jüngeres, kein Interesse, nicht genug qualifiziert. Corinnas Laune sank. Das hatte sie sich einfacher vorgestellt. Danach telefonierte sie die Wohnungsanzeigen ab. Hier konnte sie wenigstens Termine vereinbaren, aber beim Ansehen der Wohnungen hörte sie immer nur einen Satz: „Bitte legen Sie uns Ihren Gehaltsnachweis vor". Sie hatte keinen Gehaltsnachweis. So ging das mehrere Tage.

Langsam realisierte sie, dass sie keine Chance hatte. Ohne Arbeit bekam sie keine Wohnung, nie und nimmer. Aber mit 42 eine Arbeit zu bekommen, wenn man zuvor zwanzig Jahre Hausfrau war, war fast genauso unmöglich. Verzweiflung machte sich in ihr breit, eine sehr böse Verzweiflung. Sie dachte an das Buch. Sie durfte nichts wollen, das Universum würde für sie sorgen. Gut und schön, aber konnte sie sich darauf verlassen? Was, wenn das Universum nicht dran denken würde, für sie zu sorgen? Wenn es sie einfach vergessen würde? Wie sollte ihr Leben weitergehen? An das Buch zu glauben, war einfach nur naiv. Es war einfach Zufall gewesen, dass sie die Taxifahrer kennengelernt hatte, das wäre auch ohne Buch passiert.

,Mein Gott', dachte sie, ,ich bin irre. Ich halte mich an ein paar Zeilen fest, um nicht zu sehen, wie schlimm es wirklich aussieht. Ich bin voll durchgeknallt, ich habe unüberlegt gehandelt, ich habe gedacht, ich kann alles. Ich mache in meinem Leben nur Fehler. Ich heirate mit achtzehn, weil ich es plötzlich so will. Ich gehe einfach, weil ich denke, es ist die einzige Chance, bin habe echt einen an der Waffel.'

Tränen traten ihr in die Augen. Wäre sie doch nur geblieben, wo sie war. Sie hatte alles, es fehlte ihr an nichts. Nur ihr Herz war leer und nur deswegen hatte sie alles aufgegeben? Jetzt war ihr Herz auch leer. Verbessert hatte sie sich auf keinen Fall. Die Zukunft sah rabenschwarz aus, sie durfte sich nichts vormachen, sie würde es nicht schaffen. Sie war keine zwanzig mehr, sie hatte keine Arbeitsnachweise, sie hatte kein Geld und keine Wohnung. Wo sollte das enden? Im Straßengraben? Der Anwalt hatte recht gehabt, sie hatte nicht auf ihn hören wollen. Vor ihrem geistigen Auge sah sie sich auf der Straße sitzen in zerrissenen Klamotten mit wirrem Haar, einen Hut vor ihren Füßen, in den jeder hundertste Passant ein Centstück warf. Nein, nein, nein, das darf nicht wahr sein, was hatte sie nur getan?

Weinend stürzte sie die Straße entlang, rempelte die Leute an, lief, so schnell sie ihre Füße trugen, als könne sie vor sich selbst und ihrem Leben davonlaufen.

‚Ich bin verrückt‘, hämmerte es in ihrem Kopf, ‚ich muss einen Knall haben. Kein Mensch verlässt ein großes Haus, seine Familie, seine Hunde, sein Kind, sein sicheres Leben, nur weil das Herz leer bleibt. Ich habe sie nicht mehr alle. Es geschieht mir recht, das ist meine Strafe. Ich habe es nicht anders verdient.‘

Die Leute sahen ihr seltsam nach, als hätten sie eine Irre vor sich. Wer war diese Frau, die tränenüberströmt die Straße entlang lief, als sei der Leibhaftige hinter ihr her, was war mit ihr los? Aber es kümmerte niemanden wirklich. Sie schenkten ihr einen seltsamen Blick und gingen weiter.

Corinna kam an eine Brücke, die über mehrere Bahngleise führte. Dort blieb sie stehen und schaute hinunter. Mit dem Zug hat alles angefangen. Wann war das? Gestern oder vor einem Jahr? Mit dem Zug könnte alles enden, sie brauchte nur über das Geländer zu klettern und zu springen. Eine Sache von Minuten. Dann war es vorbei. Hätte er doch abgedrückt und ihr den Schädel weggeschossen, in diesem Leben und auf dieser Welt gab es keinen Platz für sie, da konnte sie hin flüchten, wo sie wollte. Es wurde immer alles nur noch schlimmer. Während sie voller Verzweiflung mit sich rang, was sie tun sollte und alles so hoffnungslos wie noch niemals zuvor aussah, hörte sie plötzlich eine Stimme. So, als würde jemand neben ihr stehen, aber da war niemand.

„Tu's nicht", sagte die Stimme, „glaub an dich. Tu's nicht."

Verblüfft drehte sie sich um und schaute nach allen Seiten. Es war niemand da.

„Hallo?" fragte sie laut. Keine Antwort.

‚Jetzt ist es soweit', dachte sie, ‚jetzt werde ich echt verrückt. Kein Wunder, ich verhalte mich ja auch so. Aber es gibt kein Zurück mehr. Was soll ich bloß tun?'

Der Gedanke, über das Geländer zu klettern war weg. Wieso ging es bei ihr immer um Leben und Tod? Es war schon immer so. Immer kam sie in solche Situationen. Ob eine Männerfaust in ihrem Gesicht einschlug, dass ihr die Augenbraue aufplatzte und sie dachte, ihr fliegt der Kopf weg, ob sie in einem Steinbruch festsaß, wie als Kind einmal, aus dem die Feuerwehr sie befreien musste oder von einem bissigen Hund angefallen wurde, der ihr an der Kehle hing, es gab in ihrem Leben immer wieder Situationen, die gefährlich waren und sehr oft auch lebensgefährlich. Sie erinnerte sich, dass sie als Zwölfjährige als Mutprobe über ein Geländer einer hohen Eisenbahnbrücke balanciert war, um zu einem Freundeskreis dazugehören zu dürfen. Es ging gut 30 Meter in die Tiefe, aber sie tat es. War sie besonders mutig oder besonders dumm oder einfach nur besonders naiv und unüberlegt? Sie wusste es nicht. Waren andere Leute anders? Bestimmt. Noch nie hatte sie davon gehört, dass eine Frau, die alles hat, einfach in den Zug gestiegen war und alles ohne Ziel und Plan verlassen hatte. Dumm eben. Unüberlegt, naiv und kindisch.

Sie verließ die Brücke und kam an einen Fluss. Dort setzte sie sich ans Ufer ins Gras und versuchte, sich zu sammeln. Wäre sie geblieben, hätte sie die Hölle auf Erden gehabt, jetzt, wo er wusste, sie hatte sich trennen wollen. Woher er es erfahren hatte, war ihr ein Rätsel. Vielleicht hatte der Anwalt es jemandem erzählt? Sie war gegangen, vor lauter Angst, vor lauter Verzweiflung, es gab kein Zurück mehr, sie musste jetzt da durch. Aber wie bloß? Sie legte wieder ihren Parka aus, kramte das Buch aus der Tasche, starrte auf das gemalte Herz und die Worte „Ich bin glücklich" darin und konnte nicht glauben, dass sie selbst diese Worte geschrieben hatte und das war wahrhaftig noch nicht lange her. Woher war diese Stimme plötzlich gekommen? Sie hatte sie davor bewahrt, eine Dummheit zu machen. Wie war das möglich? Das war alles sehr, sehr seltsam.

Sie streckte sich auf ihrem Parka aus und begann, weiterzulesen. Ihre Stimmung stieg mit jeder Zeile. Sie begann zu verstehen, um was es ging. Der Verstand war es, der immer wollte. Die Gefühle machten, was sie wollen. So, wie sie dachte, so fühlte sie sich. Aber das war sie nicht selbst. Ihr Verstand und ihre Gefühle gehörten nur zu ihr, sie selbst war mehr, sie war die Seele und die Seele wollte nur Frieden. Die Seele war es, die das anzog, was sie in ihrem Leben haben wollte und so wie die Seele war, wie es in der Seele aussah, dementsprechend war auch das, was sie in ihr Leben zog. Das war ja interessant. Nachdem sie unter der Trauerweide gelesen hatte und sich so glücklich gefühlt hatte, war etwas passiert – sie hatte die Taxifahrerin nach dem Weg fragen wollen und man hatte sich ihrer angenommen, einfach so. Wieso war sie dann heute wieder so verzweifelt? Es waren die Telefonate und die Wohnungsbesichtigungen. Nur Absagen, keine Chance. Ganz realistisch betrachtet, hatte sie einfach keine Chance. Aber was war denn wahr? Das, was man realistisch sieht oder etwas anderes, unsichtbares, das sie noch nicht verstand?

Sie ließ ihren Blick über das Wasser schweifen. Die Sonne stand schon ziemlich tief, aber es war noch angenehm warm. Sie hatte verstanden, was das Buch ihr sagen wollte, aber sie hatte keine Ahnung, wie das alles umzusetzen war. Es war doch nun einmal harte Wahrheit, dass sie keine Chance auf eine Wohnung hatte, solange sie keinen Job hatte. Es war genauso nackte Wahrheit, dass sie nach zwanzig Jahren

Hausfrauendasein keinen Job mehr finden würde mit über vierzig. Was sollte sie denn für Qualifikationen vorweisen? Sie hatte keine. Uralte Zeugnisse interessierten niemanden mehr. Ihr wurde auf einmal absolut klar, sonnenklar, glasklar – das einzige, was ihr helfen würde, war ein Wunder. Wo bitte gibt es Wunder zu kaufen?

Sie kramte ihre Sachen zusammen und machte sich auf den Weg zurück zum Bahnhof. Sie wäre gerne zum Taxistand gelaufen, um Isabelle wiederzusehen, aber sie wusste nicht mehr, wo dieser war und in welche Richtung sie gehen musste. Diese große Stadt machte sie verrückt. Häuser- und Straßengewirr überall. Wie soll man da zurechtkommen? Das Buch hatte sie nicht eingepackt, sie hielt es in der Hand und drückte es an ihr Herz. Plötzlich wurde ihr klar, es geht ums Vertrauen. Es geht ums Vertrauen ins Schicksal, ins Leben und in sich selbst. Das war der Schlüssel zu allem. Sie durfte nicht zweifeln, sie durfte sich nicht runterziehen lassen von Wohnungsabsagen und großkotzigen Personalchefs. Sie musste im Vertrauen bleiben. War es das, was ihr Schicksal von ihr wollte? Wo war überhaupt der Unterschied zwischen dem Vertrauen ins Leben, ins Schicksal und zu sich selbst? War nicht alles ein- und dasselbe? Was ist der Unterschied zwischen Vertrauen und Glauben? Gibt es da

53

überhaupt einen? Und der Glaube an Gott, ist es nicht auch dasselbe? Sollte sie anfangen, an Gott zu glauben oder doch lieber ans Schicksal oder ans Universum oder nur an sich selber? Das alles war extrem verwirrend. Irgendwann, während sie die Straße gedanken-versunken dahin schlenderte, begriff sie, es WAR alles dasselbe. Ob sie an Gott glaubte oder an sich selbst, es war dasselbe. Ob sie ans Schicksal glaubte, ans Universum, an sich selbst oder an Gott, an Allah oder Buddha, an Manitou oder Jehowa, es war alles dasselbe. Alles war dasselbe. Es ging ums Urvertrauen, ums Vertrauen in alles. Boah, was für eine Erkenntnis! Und wie schwer umzusetzen. Sich einfach treiben lassen, das Leben fließen lassen, nichts wollen, nichts erwarten, sondern felsenfest überzeugt sein, es ist alles da, es fehlt an nichts und im richtigen Moment wird das Richtige passieren. Das heißt automatisch, dass es einen voll kalt lässt, wenn etwas schief geht, wenn einem etwas nicht gefällt oder gegen den Strich geht, wenn etwas nicht so läuft, wie man will, man bleibt im Vertrauen, es wird schon alles seinen Sinn haben.

Corinna blieb stehen. Der Himmel färbte sich am Horizont orangerot, die Sonne war verschwunden, die Nacht fing an, ihre Fühler in die Welt zu strecken und trotzdem wusste jeder, die Sonne würde am nächsten Morgen aufgehen, wie immer, jeden Tag aufs Neue. Niemand zweifelte das an. Auch wenn morgen früh der Himmel wolkenverhangen wäre, jeder wusste, über den Wolken ist die Sonne da, am Tag ist es hell, in der Nacht ist es dunkel und das wiederholt sich seit Menschengedenken Tag für Tag, ein nie enden wollender Kreislauf. Auf jede Nacht folgt ein Tag, wie könnte man das verhindern? Gar nicht. Es ist ein Naturgesetz. Der einzige, der eine Macht über die Naturgesetze hat, ist der Mensch. Der einzige, der einen bewussten Willen hat, ist der Mensch. Hat der Mensch deshalb so große Probleme, das alles zu verstehen?

Corinna blieb stehen, knotete den Parka von ihren Hüften und zog ihn an. Dann lehnte sie sich mit dem Rücken an eine Hausmauer, die im Schein einer Straßenlaterne lag und klappte ihr Buch auf. Du sollst nichts wollen, hieß es da, mach Dich frei von allem Wollen. Die Gesetze des Schicksals liegen unterhalb des Wollens. Die Seele liegt unterhalb des Verstandes. Du und Gott, ihr seid eins. Auf der Seelenebene ist alles eins. Wirf Dein Ego weg, wirf Deinen Willen weg, der sich dem Lebensfluss ständig in den Weg stellt, dann bist Du glücklich. Sie seufzte. Wenn das so einfach wäre. Aber sie wollte es versuchen, zumindest versuchen. Sie hatte nichts mehr zu verlieren, sie hatte schon alles verloren. Und das freiwillig.

Vielleicht hatte das Schicksal sie auserwählt, um die Gesetzes des Lebens zu verstehen? Wer weiß? Wieder stieg ein Glücksgefühl in ihr auf und diesmal wusste sie auch, welchen Namen dieses Glücksgefühl hatte: Vertrauen. Ja, sie wollte vertrauen, das Schicksal würde für sie sorgen, immer, irgendwie, sie wollte tun, was zu tun war, aber sich trotzdem dem Fluss des Lebens überlassen und die Kontrolle aufgeben. Vertrauen und Kontrolle passen nicht zusammen. Sie klappte das Buch zu und ging weiter die Straße hinunter, ein Ziel hatte sie nicht, sie wusste nicht einmal, wo sie war, als plötzlich jemand neben ihr hupte und ein Auto hielt. Isabelle! Im Taxi. Sie winkte heftig und Corinna trat an das Auto heran und öffnete die Beifahrertür.

„Hey", sagte Isabelle, „so ein Zufall. Ich habe Dich schon vermisst. Was machst Du denn hier?"

„Ich gebe zu, ich wusste nicht mehr, wie ich den Taxistand finde", antwortete Corinna beschämt. „Diese Stadt bringt mich um, ich habe keinerlei Orientierung."

„Komm, schwing Dich rein, ich bin auf dem Rückweg zum Stand. Fahr mit."

Nichts lieber als das. Corinna stieg ein und sagte zu Isabelle:

„Weißt Du, warum Du jetzt gekommen bist?"

Isabelle sah sie verständnislos an. „Weil ich auf dem Rückweg zum Stand zufällig vorbeikam?"

Corinna lachte. „Nein, wegen dem Vertrauen."

„Welchem Vertrauen?" Isabelle sah sie komisch an.

„Das verstehst Du nicht", lachte Corinna immer noch. „Aber das ist egal, es funktioniert."

„Was immer Du auch meinst", lachte Isabelle mit, „Hauptsache es geht Dir gut dabei."

*

Corinna verbrachte diesen und viele folgende Abende und Nächte mit den Taxifahrern und Taxifahrerinnen. Tagsüber war sie unterwegs, um nach Wohnungen und Jobs zu suchen, erntete aber nichts als Absagen. Sie versuchte, sich an ihren Schatz zu halten, an das Buch, das zur Bibel für sie geworden war. Sie wollte im Vertrauen bleiben, das Schicksal kennt keine Zeit, es würde etwas passieren, irgendwie und irgendwann, dann wenn die Zeit reif dafür war. Es gelang ihr von Tag zu Tag besser, zu vertrauen, sie hatte auch alle Zeit der Welt, sich mit sich selbst und dem Vertrauen und den Schicksalsgesetzen zu beschäftigen.

Vier Wochen war sie nun schon in Nürnberg. Nichts hatte sich getan, obwohl sie sich eisern an ihre neuen Erkenntnisse hielt. Noch immer war kein Job in Sicht, noch immer war keine Wohnung in Sicht und noch immer verbrachte sie die Nächte am Taxistand und schlief tagsüber irgendwo auf Bänken, in der Bibliothek oder im hintersten Eck einer Gaststätte, hier eine Stunde und da eine Stunde. Ihr Geld ging langsam zur Neige, über die Hälfte war bereits aufgebraucht, obwohl sie eisern sparte. Inzwischen war es Mitte Oktober und der Winter nahte. Es musste sich was tun, sie konnte den Winter nicht auf der Straße verbringen. Sie spürte, wie sie anfing zu wollen und wieder einen innerlichen Druck fühlte, der sagte: Es MUSS. Gegen diesen Druck versuchte sie, sich zu wehren, sie wollte ihn nicht, aber es gelang ihr immer seltener. Die Angst saß ihr im Genick, die Angst vor dem Winter auf der Straße. Noch war das Wetter gut, der Oktober war golden und warm und angenehm. Aber die Nächte wurden schon empfindlich kühl und wenn sie ihre Taxifreunde nicht gehabt hätte, was hätte sie getan?

Inzwischen kannte sie sich etwas aus und hatte sich bestimmte Wege eingeprägt. Sie benutze U-Bahn und Straßenbahnen, immer ohne Fahrkarte, das Risiko ging sie ein und war dadurch beweglich geworden. Zuhause hatte sie sich immer noch nicht gemeldet. Niemand wusste, wo sie war. Sie wusste es selber nicht. Das Schicksal hatte sich noch nicht entschieden, in welche Richtung es sie schicken würde und sie wartete. Die Ungeduld und die Unvorhersehbarkeit, was noch passieren würde, zerrten an ihren Nerven. Sie hatte sich geschworen, sich erst dann wieder bei ihrer Familie zu melden, wenn sie eine Wohnung und einen Job hatte. Sie würde niemals, wirklich niemals erzählen, sie sitzt auf der Straße. Aber die Hoffnung verließ sie mit jedem Tag mehr, dass daraus noch etwas werden würde. Job und Wohnung hatten inzwischen bei ihr einen Stellenwert wie die Million auf dem Konto für andere Leute. Nichts ist selbstverständlich, nicht einmal ein Dach über dem Kopf. Seit vier Wochen saß sie auf der Straße und nichts bewegte sich. Jeden Tag las sie in ihrem Buch, jeden Tag hämmerte sie sich ein, es wird alles gut, bleib im Vertrauen.

An einem schönen und strahlenden Oktobertag fuhr sie mit der U-Bahn zum Plärrer, mitten in die Stadt. Sie hatte vor, sich einen Tag etwas zu gönnen, selbst dann, wenn es Geld kosten würde. Dieses ständige Spardenken war sicher auch nicht gut. Wer ständig ans Sparen dachte, konnte nur Geldmangel anziehen. Sie setzte sich in ein Straßencafé, bestellte sich eine Butterbrezel und einen Cappuccino und beobachtete die Leute, die um sie herum kreuz und quer rannten. Teilweise mit Einkaufstaschen, teilweise mit Aktentaschen, teilweise mit quengelnden Kindern an der Hand. Plötzlich stieg dieses Glücksgefühl wieder in ihr auf. Es begann im Bauch und stieg nach oben, wie beim Achterbahnfahren. Sie dachte mit einem Mal: ‚Ich bin frei, ich gehöre nicht mehr dazu. Ich bin ausgestiegen aus diesem normalen gehetzten Leben. Dahin will ich nicht mehr zurück.' Plötzlich bemerkte sie wieder, wie sie strahlte, von innen heraus, über das ganze Gesicht. Wenn sie dieses Gefühl doch nur festhalten könnte, einfrieren, bei Bedarf hervorholen, das wäre genial. Aber solange es da war, wollte sie es genießen. Sie fühlte sich wie auf einer geschützten Insel mitten im stressigen Getümmel. Vollkommen zufrieden mit sich selbst, vollkommen in sich ruhend, wie ein Buddha bei der Meditation, der selig lächelt. In diesem Zustand verbrachte sie etwa eine halbe Stunde, genoss ihre Brezel und ihren Cappuccino, als wären es die köstlichsten Dinge auf der Welt und beobachtete nur die Menschen.

Das Glücksgefühl hörte mit einem Schlag auf, als die Bedienung kam und sagte:

„Darf ich bitte kassieren, ich habe Schichtwechsel."

Corinna zahlte, stand auf und schlenderte an den Schaufenstern entlang. Sie wusste jetzt, dieses Gefühl ist da und es ist vollkommen unabhängig von der Situation, denn heute ging es ihr nicht anders als vor zwei oder drei Wochen oder an dem Tag, als sie auf der Eisenbahnbrücke stand und die Stimme hörte. Dieses Leben, das in ihr war, ganz innen drin, das war verdammt schwierig zu verstehen. Da genügt ein Satz einer Bedienung und schon ist das Glücksgefühl im Eimer. Wie schafft man es bloß, dort zu bleiben, in diesem Gefühl oder diesem Zustand? Scheinbar geht das nicht, scheinbar ist es ein dauernder Fluss von rauf und runter, wie auf einer Achterbahn. Nach jedem Tal kommt ein Berg und nach jedem Berg ein Tal.

Sie hatte noch eine Telefonnummer einstecken mit der Anzeige für ein möbliertes Zimmer. Aber die Telefonnummer war eine mit einer Münchner

Vorwahl, deswegen hatte sie noch nicht angerufen. Das wollte sie nun noch tun.

Von der nächsten Telefonzelle rief sie in München an, ohne große Hoffnungen. Es meldete sich eine angenehme, warme Frauenstimme.

„Ja, Huber".

Corinna sagte, sie riefe auf die Anzeige wegen des möblierten Zimmers hin an. Ob es noch zu haben sei?

„Ja, das ist noch frei".

Weil sie nicht wollte, dass die nette Frau extra von München nach Nürnberg kam, legte sie die Karten gleich offen auf den Tisch und erzählte ihre Geschichte. Genauso wie sie war, auch dass sie keinen Job hatte und kein Geld und keine Chance, aber dass sie nicht aufgeben wolle. Die Frau am anderen Ende der Leitung hörte sich alles geduldig an, ohne sie zu unterbrechen. Am Ende sagte sie:

„Normalerweise schicke ich eine Freundin, die in Nürnberg wohnt, zu den Wohnungs-besichtigungen, aber in Ihrem Fall möchte ich selber kommen. Haben Sie morgen Nachmittag Zeit?"

Corinna glaubte, ihren Ohren nicht zu trauen und sagte sofort zu. Hoffnung keimte in ihr auf, sie hatte einen Wohnungsbesichtigungstermin, obwohl diese Frau wusste, wie es um sie und ihr Leben stand. Das war unglaublich. Da kam die extra von München. Sie starrte das Telefon noch eine Weile an, nachdem sie den Hörer schon eingehängt hatte. Etwas in ihr sagte ihr: Das ist die Wende. Zum ersten Mal hatte sie ein gutes Gefühl. Ob das an dem Glücksgefühl lag, das sie im Straßencafé hatte? Vor lauter Freude kaufte sie sich in einem Schmuckladen einen Glücksbringer – ein keltisches Kreuz, ein Zeichen für das ewige Leben und den Kreislauf allen Lebens aus echtem Silber und blätterte für ihre Verhältnisse ein Vermögen dafür hin.

Sie hüpfte zurück zur U-Bahn, fuhr wie immer ohne Fahrkarte zurück zum Bahnhof und machte sich auf den Weg zum Taxistand, den sie inzwischen kannte. Sie lief auch keine Stunde mehr, sie kannte inzwischen eine Abkürzung. Dort angekommen, sah sie gleich Isabelle neben dem Taxi stehen und sich mit Helmut unterhalten. Schon von Weitem winkte sie und die beiden winkten zurück. Ein dritter Mann stand noch dabei, den sie noch nicht kannte. Isabelle begrüßte sie:

63

„Du strahlst ja so, was ist los?"

„Ich habe morgen eine Wohnungsbesichtigung und das, obwohl die Frau weiß, wie es um mich steht, sie kommt extra aus München."

„Das hört sich aber gut an", lachte Isabelle, „Du wirst sehen, das wird was. Das ist übrigens Rainer", fuhr sie fort, „während sie in seine Richtung nickte, den kennst Du noch nicht, er hatte Urlaub. Er ist der Freund von Babsi."

Corinna lachte ihm zu und gab ihm die Hand.

„Wir haben grade über Dich gesprochen", fuhr Isabelle fort. „Es muss langsam was passieren, es wird bald Winter".

„Ich glaube, es wird auch bald was passieren", gab Corinna zurück, fest in dem Glauben an die Schicksalsgesetze, seit heute Morgen wieder, aber das wollte sie Isabelle jetzt nicht erklären, sie betrachtete dieses Wissen und ihr Buch als Geheimnis.

Sie verbrachten den Abend wie immer, Corinna zeigte stolz ihren Glücksbringer, den sie frisch erstanden hatte und fuhr wie fast jeden Abend mit Isabelle zurück zum Bahnhof, wo sie in der Gaststätte im hintersten Eck, auf dem Stuhl ein Nickerchen machte, den Kopf auf die verschränkten Arme auf dem Tisch gelegt. Man kannte sie schon dort und sie bestellte immer ein Wasser, verkroch sich und man hörte nichts mehr von ihr. Man ließ sie in Ruhe. Gegen Morgen verschwand sie wie immer auf der Toilette, wusch sich, putzte die Zähne, strahlte ihr Spiegelbild an mit dem allmorgendlichen Spruch: „Alles wird gut" und kämmte sich die Haare. Ein Friseurtermin wäre dringend fällig, dachte sie, aber dafür war kein Geld da. Ihren Körper pflegte sie mit feuchtem Toilettenpapier, rieb sich damit ab, cremte sich mit Bodylotion ein, das Haarewaschen war ein Problem. Dreimal hatte sie Haare gewaschen seit sie von zuhause weg war, dreimal in vier Wochen und das ging nur in einem innerstädtischen Café, das eine sehr neuwertige und komfortable Toilettenanlage hatte mit sogar warmen Wasser und einem großen Wasserhahn. Egal, wo sie war, ob Café oder Gaststätte, sie inspizierte immer die Toiletten und beurteilte sie nach den Möglichkeiten der Körperpflege. Sie fand sich einigermaßen akzeptabel und machte sich auf den Weg zur U-Bahn-Station. Isabelle hatte ihr erklärt, wo die Adresse war. Die Fahrt dauerte eine ganze Weile.

Sie hatte noch einen Fußweg vor sich, fand die Adresse aber auf Anhieb. Ein Blick auf die Uhr sagte ihr, dass noch Zeit war, sogar noch über eine Stunde. Sie ging in ein Café in der Nähe, kaufte vorher eine Tageszeitung und widmete sich wieder den Stellenangeboten. Eine Apotheke suchte eine Bürokraft, das wäre das richtige, sie beschloss, gleich anzurufen. Man erlaubte ihr, im Café zu telefonieren und sie hatte Glück, die Stelle war noch frei. Morgen würde sie sich vorstellen können. Was für ein Glück, das Schicksal hatte sich gedreht, es schien wirklich eine Wende zu geben. Noch nie hatte sie es bis zu einem Vorstellungstermin geschafft. Sie kramte einen Stadtplan heraus, den sie sich inzwischen zugelegt hatte und versuchte, die Adresse der Apotheke zu finden. Der Stadtplan war so groß wie der ganze Tisch und sie musste aufstehen, um alles zu sehen. Die Adresse fand sie dann auch, sie lag ganz am anderen Ende von Nürnberg, es war sehr weit. Aber wählerisch durfte sie nicht sein, wenn es klappen sollte, dann würde sie eben jeden Morgen dorthin fahren. Sie zählte die U-Bahn-Haltestellen, die anschließenden Bushaltestellen und rechnete nach. Bestimmt knappe zwei Stunden würde man brauchen für eine Strecke, aber egal, Arbeit ist Arbeit.

Sie faltete den Plan sorgfältig zusammen, steckte ihn in den Rucksack und machte sich auf, um um die Ecke zur Wohnungsadresse zu gehen. Unten im Erdgeschoß befand sich ein Supermarkt, stellte sie zufrieden fest, das war praktisch. Sie klingelte und der Türöffner ging. Einen Fahrstuhl gab es auch, das möblierte Zimmer lag im 4. Stockwerk. Die Tür ging auf und eine sehr nette, gepflegte, ältere Dame erschien im Türrahmen.

„Ich bin die Frau Huber", stellte sie sich vor, indem sie ihr die Hand reichte. „Kommen Sie rein, ich bin schon sehr gespannt auf Sie." Frau Huber war ungefähr Anfang 70 und eine sehr gepflegte Dame, man sah ihr sofort an, dass sie Geld hatte. Ihre Kleidung war sehr chic und modisch, dennoch ihrem Alter entsprechend und zwei dicke, goldene Ketten zierten Ihren Hals. Das blonde, gefärbte Haar war sehr ordentlich frisiert, ganz sicher kam sie direkt vom Friseur. Corinna kam sich in ihrer inzwischen schon abgewetzten Jeans und dem olivfarbenen Parka direkt asozial daneben vor.

Sie betrat das Zimmer und sah ein relativ neu renoviertes, circa 20 qm großes Schlaf-Ess-Wohnzimmer mit Küchenzeile, Bett und Sessel.

„Das ist das Objekt", sagte Frau Huber mit einladender Handbewegung rundum. „Hier ist

67

eine ziemlich neue Küchenzeile, mit Waschmaschine, ein Bett, Bettzeug ist im Schrank, hier haben sie eine Sitzecke und dort angrenzend ist eine Dusche und das WC. Vorher hat eine Studentin hier gewohnt, die war nun fertig mit dem Studium und ist ausgezogen. Gefällt es Ihnen?"

Corinna dachte daran, dass sie noch vor sechs Wochen über dieses Zimmer gelacht hätte. Es war wirklich spartanisch eingerichtet und nichts besonders, aber im Moment erschien es ihr wie der Himmel auf Erden. Eine Dusche! Ein Bett! Welcher Luxus! Und dann noch eine Küchenzeile mit Herd und Waschmaschine.

„Ja, sehr", sagte sie schnell, „aber ich habe ja am Telefon schon gesagt, wie es aussieht, ich habe noch immer keinen Job, aber morgen einen Vorstellungstermin, den ersten."

Frau Huber strahlte sie an: „Wissen Sie, ich habe schon so viele Mieter gehabt, dieses ganze Haus gehört mir und es besteht nur aus Ein-Zimmer-Wohnungen. Die Leute kommen und gehen und ich habe einen Blick dafür bekommen, wem ich vertrauen kann. Sie werden ihren Weg gehen, Mädchen, das weiß ich ganz sicher. Wenn Sie es wollen, können Sie das Zimmer haben, aber erst ab dem 1. November, denn bis dahin hat die Vormieterin noch bezahlt. Bis dahin haben Sie auch einen Job. Wer seit vier Wochen auf der Straße steht und noch so herumläuft wie Sie, der hat meinen Respekt, der weiß, was er will und der wird es auch bekommen. Ich habe keine Bedenken."

Corinna konnte nicht anders, ihr kamen die Tränen. Sie umarmte die alte Dame spontan und flüsterte nur: „Danke, haben Sie tausend Dank, ich werde Sie nicht enttäuschen".

„Das weiß ich gewiss", sagte Frau Huber etwas verlegen und tätschelte Corinna den Rücken, „wollen wir gleich den Mietvertrag unterschreiben?"

Gesagt, getan. Corinna verließ nach einer Stunde das Zimmer mit einem Mietvertrag in der Tasche. Noch zwölf Tage, dann war sie stolze Mieterin ihres ersten eigenen Zimmers. Sie hätte die Welt umarmen können. Diese Frau vertraute ihr einfach, dabei war sie wildfremd. Unglaublich. Das Schicksal wird schon dafür sorgen….. Da war was dran, sie erlebte es grade, es ging nur nicht immer so schnell, wie man es gerne hätte. Morgen würde sie diesen Job bekommen, da war sie sich sicher.

Nach einer weiteren Nacht in Isabelles und Helmuts Taxi, fuhr sie am nächsten Tag hochmotiviert zu der Apotheke. Referenzen hatte sie keine, aber sie war vor vielen Jahren zur Arzthelferin ausgebildet worden und das war ein Vorteil. Sie konnte vor Ort beweisen, dass sie den PC beherrschte und als man sie nach der Adresse fragte, zog sie nicht ohne Stolz den frisch unterschriebenen Mietvertrag heraus und las die Adresse ab. Man war einverstanden, am nächsten Tag konnte sie beginnen. Glücklich fuhr sie zurück. Nur die lange Fahrt machte ihr Sorgen. Es waren fast zwei Stunden, wie sie vorher ausgerechnet hatte. Um acht Uhr sollte sie anfangen, das hieß, sie musste um spätestens sechs Uhr starten. ‚Egal', dachte sie, ‚es muss ja nicht für immer sein.'

*

Nach einer Woche, die sie jeden Morgen pünktlich zur Arbeit erschienen war, eröffnete ihr die Besitzerin der Apotheke, dass sie leider am Montag nicht mehr kommen brauche. Ihre Nichte hatte überraschend den Job verloren und würde nun die Stelle bekommen. Corinna war geschockt. Sie wusste auch nicht, ob sie diese Aussage glauben sollte oder nicht. Hatte sie ihre Arbeit nicht gut genug gemacht? Stimmte sonst etwas nicht mit ihr? Die Besitzerin bedauerte noch einmal, wünschte ihr viel Glück und drückte ihr 50 EUR in die Hand, damit war die Sache erledigt. Nun hatte sie keinen Job mehr, aber eine Wohnung und die kostete Miete und die nette Frau Huber hatte ihr vertraut. So ein Mist!

Auf der langen Rückfahrt mit Bus und U-Bahn überlegte sie, was wohl schiefgelaufen war. Sie dachte noch: ‚Na gut, dann brauche ich diesen langen Weg auch nicht mehr zu fahren' und dann fiel es ihr wie Schuppen von den Augen: Sie selbst war es, der den Job vermasselt hatte. Sie wollte ihn nicht wirklich, nicht aus ganzem Herzen, etwas in ihrem Inneren hatte sich gegen diesen elend langen Weg jeden Tag aufgelehnt und das Schicksal hatte reagiert. Es hatte ihren Wunsch erfüllt, der ihr selber gar nicht richtig bewusst war. Unglaublich! Man muss aufpassen, was man denkt, man muss extrem aufpassen, was man fühlt. Was nimmt man an? Was lehnt man ab? Scheinbar funktionieren die Schicksalsgesetze so, dass sie sich nach dem Unbewussten richten. Dem Schicksal ist es egal, ob man einen Job braucht, um die Miete zu zahlen, es richtet Dein Leben so ein, wie Du fühlst. Eine neue, durchschlagende Erkenntnis. Sie machte sogar etwas Angst. Weiß man denn immer, was man fühlt? Ist man immer zu 100% authentisch oder tut man vieles nur, um anderen zu gefallen oder weil man eben muss und lehnt sich innerlich doch dagegen auf? Grade war es passiert. Sie brauchte einen Job, unbedingt. Sie musste Geld verdienen, ganz dringend. Die Arbeit war schön, genau das, was sie immer wollte. Aber der lange Weg hatte ihr nicht gefallen und das Schicksal hatte reagiert. Sie war erschüttert, sie hatte das Gefühl, Einblick in Abläufe zu haben, die eine ganze Nummer zu groß für sie waren.

Sie beschloss, abends nicht zum Taxistand zu gehen, sie brauchte Ruhe, sie musste nachdenken, es gab so viel zu verstehen, von dem Isabelle und die anderen keine Ahnung hatten. Gibt es nun ein Schicksal, das alles regelt oder ist man es selbst? Das war die Frage aller Fragen. Wieso sagt man, es kommt, wie es kommen muss, wenn es aus dem eigenen Innern kommt? Sie konnte sich jetzt sagen, sie selbst hatte diese Absage „erschaffen", weil sie etwas an dem Job – nämlich den langen Arbeitsweg – abgelehnt hatte, sie könnte aber auch sagen, es musste so sein, weil vielleicht ein anderer, besserer Job auf sie wartete? Oder war das wieder das Gleiche? Ihr war schon ganz schwindlig vor lauter Schicksalsgedanken und sie beschloss, damit aufzuhören und einfach am nächsten Morgen eine neue Zeitung zu kaufen.

Es war schon dunkel, als sie am Bahnhof in Nürnberg ankam und sie war sehr, sehr müde. Seit Wochen schlief sie nur stundenweise im Sitzen, einen normalen Schlaf im Liegen kannte sie gar nicht mehr. Bald hätte das ein Ende, hoffentlich, wenn sie einen Job finden würde. Da war er schon wieder, der Zweifel. Zum Teufel damit! Natürlich würde sie einen Job finden, einen besseren, einen besser bezahlten und einen näheren. Ende der Diskussion, schalt sie ihr eigenes Denken.

Sie ging zu ihrem Schließfach und packte eine Reisetasche mit schmutziger Wäsche, sie wollte zu einem Waschsalon laufen, den sie kürzlich entdeckt hatte. Sie brauchte dringend frische Kleidung. Die Waschsalons hatten meist durchgehend geöffnet, es war warm von den Trocknern, wenn auch laut, aber dort konnte man auch ein Schläfchen machen. Diese Nacht verbrachte sie im Waschsalon. Zeitweise nickte sie ein, zeitweise las sie in ihrem Buch, immer und immer wieder das gleiche und jedes Mal verstand sie es anders. Man hätte meinen können, dieses Buch hat magische Kräfte, es veränderte das Denken und zwar beständig, auch wenn man immer und immer wieder dieselben Stellen las. Nachdem alles sauber und trocken war, nutzte sie noch den Bügeltisch und bügelte alles fein säuberlich, bevor es wieder ordentlich verpackt in der Reisetasche verschwand. Was für ein Leben. Noch vor zwei Monaten hätte sie sich nie und nimmer vorstellen können, einmal so zu leben. Noch immer hatte sie sich nicht zu Hause gemeldet, sicher würde man dort vor Sorgen wahnsinnig werden, aber sie konnte nicht. Sie hatte nichts zu sagen, dort würden sie die Hände über dem Kopf zusammenschlagen, wenn sie von ihrem Leben erzählte und lügen wollte sie nicht. Sie musste noch warten.

Nach getaner Arbeit schleppte sie die Reisetasche wieder zurück ins Schließfach, nahm frische Kleidung mit, ging in ihr Stammcafé, verrichtete die Morgentoilette wie immer und zog sich um. Beim Blick in den Spiegel sagte sie sich: „Du siehst nicht wirklich gut aus, Du hast dunkle Ränder unter den Augen, wenn Du nicht aufpasst, siehst Du aus wie eine Pennerin." Sie wusste, sie brauchte Schlaf, richtigen erholsamen Schlaf, im Liegen in einem Bett. Gott sei Dank würde das bald der Fall sein. An der Theke des Cafés kaufte sie eine Tageszeitung, wie fast immer und machte sich über die Stellenanzeigen her. Eine Möbelspedition suchte eine Bürokraft. Sie ließ sich das Telefon geben.

„Viel Glück", sagte die Bedienung, die sie schon kannte und die wohl wusste, wie es um sie stand, auch wenn es nie erwähnt wurde. Das war jetzt ihre Familie. Taxifahrer und Fahrerinnen, die Bedienungen in der Bahnhofsgaststätte und im Café, wie traurig. Ist ein Start in ein neues Leben immer so schwer? Sie wusste die Antwort nicht, bei ihr war es so. Die Bedienung kam wieder und brachte ihr ein frisches Brötchen und einen Mohrenkopf.

„Geht aufs Haus", sagte sie, „vielleicht bringt es Glück?".

Corinna sah sie überrascht an. „Oh, danke, dann esse ich zuerst und danach rufe ich erst an." Sie lächelte und die Bedienung lächelte zurück.

„Nicht wieder ins negative Denken verfallen", schalt sie sich selbst, „das Schicksal kennt da nix, es macht es so, wie Du fühlst." Aber es war schwierig, unter diesen Umständen Freude oder Glück zu fühlen. Sie fühlte sich extrem unter Druck, es war nicht mehr lange, dann durfte sie in das möblierte Zimmer einziehen und wusste noch immer nicht, wie sie es bezahlen sollte. Solche Kleinigkeiten wie ein geschenktes Brötchen mit Mohrenkopf hoben die Stimmung schon enorm. Sie aß mit Genuss und rief dann bei der Möbelspedition an. Es funktionierte auf Anhieb, sie konnte sich noch am gleichen Tag vorstellen.

Die Adresse war nur drei U-Bahn-Stationen von der späteren Wohnung entfernt, das war das Highlight. Sie musste diesen Job haben und sie bekam ihn auch. Gleich am nächsten Tag konnte sie anfangen. Normales Bürozeug, Rechnungen schreiben und Termine vereinbaren, das war ein Klacks.

Das Desaster begann am Donnerstag, dem vierten Arbeitstag. Die Chefin der Filiale kam und drückte ihr einen Schlüssel in die Hand mit den Worten:

„Draußen steht der Benz, fahren Sie den bitte über den TÜV".

Corinna starrte den Schlüssel an. Sie wusste weder, wo der TÜV war, noch was dort zu tun war, um solche Sachen hatte sie sich nie gekümmert. Einen Benz war sie auch noch nie gefahren, zuhause hatte sie einen Kleinwagen gehabt. Sie geriet ins innerliche Chaos. Sie kannte sich nicht aus in der Stadt, nicht aus Fahrersicht, ja kaum als Fußgänger, auch wenn sie den TÜV finden würde, was, wenn sie eine Schramme in das wertvolle Auto machte? Sie riss sich innerlich am Riemen, sie durfte diesen Job nicht auch verlieren, wer weiß, wann sich die nächste Chance bot. Tapfer stapfte sie nach draußen und stieg in das große Auto ein. Sie brauchte allein zehn Minuten, um sich aus der extrem engen Parklücke zu quälen, denn sie konnte das Auto überhaupt nicht abschätzen. An der nächsten Tankstelle hielt sie an und fragte, wie sie am besten zum TÜV kommen würde. Die Wegbeschreibung merkte sie sich und fuhr los. Dumm, ging nicht, es war eine Einbahnstraße, das hatte der Tankwart wohl nicht bedacht. Und jetzt? Sie drehte eine weitere Runde, fragte Passanten, wurde immer wieder in andere Richtungen geschickt, sie fand alles, aber keinen TÜV. Nach zwei Stunden kam sie unverrichteter Dinge und vollkommen erschöpft zurück. Immerhin war das Auto noch ganz, aber wie sie schon befürchtet hatte, hatte man für ihre Unfähigkeit kein Verständnis, sie durfte auf der Stelle gehen, es gab nicht mal einen Euro für die drei Tage, in denen sie Stapel von Papieren weggearbeitet hatte. Noch nie wurde sie mit so viel Schimpf und Schande irgendwo davongejagt. Sie haderte mit ihrem Schicksal.

„Was willst Du von mir?", fragte sie laut, wobei ihr die Tränen herunter liefen und es ihr vollkommen egal war, was die Leute dachten, die ihr begegneten. „Geb ich mir nicht Mühe genug? Du weißt doch, dass ich den Job brauche, was machst Du mit mir? Soll ich die Wohnung wieder verlieren?"

In der U-Bahn dachte sie nach, was jetzt wieder falsch gelaufen war. Sie hatte einfach kläglich versagt, sonst nichts. Diesmal war das Schicksal gar nicht schuld, sondern sie selber. Nicht fähig, Auto zu fahren, keine Ortskenntnisse, was verlangen die auch von einem, wenn man als Bürokraft eingestellt wird, wieso muss man dann Autos zum TÜV fahren? Vielleicht hätte sie einfach sagen sollen: Nein, mach ich nicht? Aber dann wäre sie den Job auch los gewesen. Vielleicht war es gut so? Wenn die schon sowas verlangen, vielleicht hätte sie dann in vier Wochen als Möbelträger einspringen müssen? Alles ist möglich, aber alles änderte nichts daran, dass sie schon wieder einen Job los war und die Zeit wurde immer knapper.

Sie fuhr „nach Hause", zum Bahnhof. Es war ihr zu weit, zum Taxistand zu laufen, sie hatte keine Kraft mehr. In einem Imbiss verkroch sie sich in die hinterste Ecke, bestellte sich einen großen Döner und aß ohne große Lust, nur um den knurrenden Magen zu füllen. Danach stierte sie Löcher in die Tischplatte und dachte nach, warum es einfach nicht klappen wollte mit dem Job. Wollte sie vielleicht gar nicht arbeiten? Sagte ihre Seele etwas anderes als ihr Kopf? Sie horchte in sich hinein. Was für ein Gefühl entstand, wenn sie ans Arbeiten dachte? Sie brauchte dringend Geld, aber sie würde ihre Freiheit aufgeben müssen. Das wollte sie nicht wirklich. Sie hatte seit gut 20 Jahren in keinem Angestelltenverhältnis mehr gearbeitet, sie konnte es sich eigentlich gar nicht vorstellen. Sie würde wieder müssen, jeden und jeden Tag müssen. Das wollte sie gar nicht. Oh, oh, oh!

Sie erkannte, was schief lief. Ihr Inneres wollte eigentlich gar nicht, wollte die Freiheit behalten, wollte sich nicht neuen Zwängen unterwerfen.

‚Das ist ja der Hammer‘, dachte sie, ‚so funktioniert das also. Das Schicksal macht genau das, was ich will. Aber nicht das, was mein Kopf will, es macht das, was meine Seele will.“

Sie spürte aber gleichzeitig auch, dass sich dieser Widerspruch in dem Moment auflöste, indem er ihr klar wurde. Sie nahm den Widerspruch an. Eigentlich wollte sie nicht arbeiten gehen, sie liebte ihre Freiheit. Aber sie musste, um die Wohnung zu bezahlen und gegen ein Muss war sie schon immer allergisch.

‚Okay‘, dachte sie, ‚ich akzeptiere dieses Muss. Ich will es nicht, aber ich akzeptiere es. Ich beuge mich ihm, weil es nicht anders geht. Schicksal, Du kannst mit Deiner Sabotage aufhören.‘

In der Überzeugung, das Rätsel gelöst zu haben, suchte sie ihren „Schlafplatz" auf im Bahnhofsrestaurant im hintersten Eck, aber heute las sie noch einige Seiten in ihrem Buch, zum x-ten Mal und wieder erschien ihr die Botschaft anders als zuvor. Wie lange sie wohl noch brauchen würde, um das alles zu verstehen?

*

Der Oktober näherte sich dem Ende, übermorgen würde sie in ihr Zimmer einziehen können, endlich wieder duschen, wahrscheinlich würde sie stundenlang unter der Dusche stehen, sich einseifen und die Haare waschen, in einem Bett schlafen im Liegen, sie konnte es kaum abwarten. Aber der Job war immer noch nicht gefunden. In der Zeitung stand auch nichts mehr und wenn, dann war kein Interesse da oder die Stelle schon vergeben.

Am ersten November holte sie zum letzten Mal ihre Reisetaschen aus dem Schließfach, schleppte sie zur U-Bahn und sah sich noch einmal um. Adieu, Bahnhof, dieser Abschied tut nicht weh. Sie fuhr zu ihrer Wohnung. Wie vereinbart, stand die Freundin der freundlichen Frau Huber schon vor der Haustür und übergab ihr den Schlüssel. Sie dankte und fuhr mit dem Fahrstuhl nach oben. Sie warf die Taschen ins Eck, riss sich die Kleider vom Leib und drehte das Wasser in der Dusche an. Dann stellte sie sich unter den warmen Wasserstrahl. Nie hatte sie etwas Herrlicheres gefühlt. Sie gluckste und juchzte vor Wohlgefühl. Duftendes Duschgel statt feuchtem Toilettenpapier. Schaum vom Shampoo, das einfach so ihren Körper hinunterlief, warmes Wasser von oben, sie wollte gar nicht mehr aufhören. Sie wickelte sich in ein großes Badetuch, das zur Wohnungseinrichtung gehörte und fühlte sich so sauber wie noch nie in ihrem Leben. Fast ehrfürchtig betrachtete sie das Bett. Es war weich, die Decke war warm, man konnte sich drauflegen und die Glieder ausstrecken, was für ein Genuss! Als sie das Gefühl hatte, trocken zu sein, warf sie das Badehandtuch ins Eck und schlüpfte nackt unter die Decke. Auch das war ein Freiheitsgefühl.

Sie schlief sofort ein und 22 Stunden durch. Einen ganzen Tag und eine ganze Nacht. Als sie aufwachte, schien die Sonne schon und die Armbanduhr zeigte fast zehn Uhr morgens. Zuerst wusste sie gar nicht so genau, wo sie war, aber die Erinnerung kam sofort wieder. Sie sah sich um. Was für ein Chaos, aber es war ihr Chaos, ihr eigener Raum, hier hatte sie wieder eine Privatsphäre. Es ging ihr gut, sie fühlte sich erfrischt und ausgeruht, zum ersten Mal seit Wochen wieder. Nackt tanzte sie durchs Zimmer und sang dabei, es störte niemanden. Sie hatte wieder ein eigenes Reich. Sie drehte die Heizung hoch bis zum Anschlag, sie wollte Wärme und nochmal duschen. Gegen Mittag fühlte sie sich frisch, hübsch und energiegeladen, nun war es an der Zeit, sich weiter um einen Job zu kümmern. Die Zeitung gab einiges her, aber wie immer verlangten alle Bewerbungsunterlagen mit Lichtbild usw., das hatte sie nicht. Das wollte sie heute nachholen. Sie ging zu einem Fotografen und ließ sich Passbilder anfertigen. Sie kaufte Papier, um einen handgeschriebenen Lebenslauf verfassen zu können und stellte am Ende fest, dass damit ihr Geld aufgebraucht war. Sie besaß noch zwei Euro und ein paar Cent. Es war ihr egal. Sie griff in die Parkatasche und fühlte nach dem Schlüssel. Sie musste nicht mehr auf Bänke flüchten oder sich in Gaststätten herumdrücken, sie hatte jetzt ein Zuhause und nichts und niemand würde ihr dieses Glücksgefühl jetzt kaputt machen, auch kein Job, auch kein Geld. Mit ihren Unterlagen und neuen Passfotos ging sie NACH HAUSE.

Das Chaos ließ sie liegen, es störte sie nicht. Dieses sterile Zimmer braucht das, dachte sie, hier lebt jemand, nämlich ich. Das gerade Gekaufte warf sie auf den Tisch und schmiss sich aufs Bett, um in ihrem Buch zu lesen. Im Liegen, weich und warm. Im Schrank hatte sie eine Kerze gefunden, die zündete sie an und stellte sie auf den kleinen Nachttisch. Es war zwar noch hell, aber Kerzen sind gemütlich. Aufs Lesen konnte sie sich nicht konzentrieren, dafür drehte sie sich auf den Rücken und schaute sich im Zimmer um. Es war kalt und unpersönlich, hier fehlte etwas, hier fehlte ihre Persönlichkeit drin, das musste sich ändern, sonst war es kein Zuhause. Ein Bild, eine Blume, ein Foto vielleicht oder etwas Selbstgemachtes? Vorerst war das Chaos die einzige persönliche Note. Deshalb blieb alles liegen, wo es lag. Weil's so schön war, stellte sie sich noch einmal unter die Dusche. Danach malte sie mit Lippenstift ein großes rotes Herz an den Badezimmerspiegel. Das war eine persönliche Note. Heute war sie glücklich, auch ohne Job, auch ohne Geld und sie krabbelte wieder nackt unter die Bettdecke und fiel in einen tiefen, erholsamen Schlaf, sie hatte so viel Nachholbedarf.

Als sie am nächsten Morgen wach wurde, wurde es gerade hell. Sie kochte sich selbst einen Kaffee. Das Kaffeepulver hatte sie im Supermarkt besorgt, ebenso Filterpapier, ein Plastikfilteraufsatz und eine Kaffeekanne hatte sie im Schrank gefunden. In ihrem Stammcafé, in dem sie jeden Morgen auf der Toilette die Zähne geputzt und sich gewaschen hatte, würde man sich fragen, wo sie war. Es war schon so zur Gewohnheit geworden. Bestimmt hatten sie eine Zeitung für sie reserviert, aber heute würde sie keine kaufen, das Geld reichte grade noch dafür und sie wollte überlegen, ob sie noch ein letztes Mal einen Cappuccino trank oder sich lieber eine Zeitung kaufen sollte.

Als sie fertig war im Bad, beschloss sie, das Geld für einen Cappuccino auszugeben und sich von der netten Bedienung im Café zu verabschieden. Vielleicht würden die ihr jeden Tag eine Zeitung reservieren, die übrig geblieben war? Sie musste mit der U-Bahn fahren, zum Bahnhof, das war ein Stück. Die Bedienung lächelte erleichtert, als sie sie sah. Sie setzte sich auf ihren Stammplatz und wartete.

„Guten Morgen", sagte die nette Frau mit dem blonden Pferdeschwanz, „ich dachte schon, Sie kommen nicht mehr."

„Heute zum letzten Mal, ich trinke noch einen Cappuccino und wollte mich verabschieden und mich bedanken, dass Sie immer so nett waren und nie etwas gesagt haben. Sie wissen schon…..", sagte Corinna mit einem kurzen Blick auf die WC-Tür.

„Warum heute zum letzten Mal?"

„Ich habe eine Wohnung seit vorgestern, ich habe wieder ein Zuhause."

„Das ist schön, das freut mich für Sie, echt jetzt. Und was ist mit dem Job?"

„Das hat leider noch nicht geklappt."

„Das wird schon auch noch, geben Sie die Hoffnung nicht auf."

„Nein, das mache ich nicht".

Sie brachte ihren Lieblings-Café und noch ein letztes Mal ein frisches Brötchen und einen Mohrenkopf.

„Zum Abschied", sagte die junge Frau.

„Sie sind so lieb, ich komme bestimmt mal wieder."

„Das hoffe ich doch".

Corinna ließ sich ihr Brötchen mit Mohrenkopf schmecken und genoss ihren letzten Cappuccino für wer weiß wie lange. Ihr Geld reichte grade noch, um den Kaffee zu bezahlen. Dann war sie pleite. Aber seltsamerweise machte es ihr nichts aus, sie war glücklich, sie hatte einen Platz, wo ein Bett stand, ein Dach über dem Kopf, wo es warm und sauber war und sie konnte duschen, wann immer sie wollte. Zumindest die nächsten vier Wochen noch, bis die erste Miete fällig war, im Nachhinein laut Vereinbarung wegen der besonderen Umstände. Vier Wochen waren lang, wie lang, das merkt man erst, wenn man auf der Straße lebt und jede Stunde, die es zu überleben gilt, eine Herausforderung ist. In vier Wochen konnte viel passieren, also warum sich jetzt verrückt machen?

Ein älterer Herr betrat das Café. Sehr gepflegt, ein Professor, dachte sie. Obwohl alles leer war und sie der einzige Gast, steuerte er auf ihren Tisch zu und setzte sich ihr gegenüber.

„Darf ich?", fragte er freundlich.

„Aber bitte, gern", antwortete sie.

Sie musterte ihn. Volles weißes Haar, Goldrandbrille und ein offener, neugieriger Blick. Er begann auch gleich ein Gespräch.

„Sind Sie auf dem Weg zur Arbeit?"

„Schön wär's", sagte sie mit bedauerndem Ton, „leider habe ich zwei Arbeitsstellen verloren in den letzten zwei Wochen und nun habe ich keine mehr."

„Was? Wieso das denn?"

Sie erzählte von der Apotheke, wo die Nichte den Job plötzlich verloren hatte und dem weiten Weg und von der Möbelspedition und dem Rauswurf mit Schimpf und Schande wegen der Geschichte mit dem Auto. Er hörte aufmerksam zu und unterbrach sie nur sehr wenig, um etwas nachzufragen.

„Das hat mir schon wirklich sehr zugesetzt", gestand sie ehrlich am Ende ihrer Erzählung, „ich versuche immer, mein Bestes zu geben, aber alles kann ich leider nicht."

„Ja, manche verlangen auch Dinge, die gar nicht zum Aufgabenbereich gehören. Machen Sie sich nichts draus, Sie finden bestimmt bald was Neues."

„Ich hoffe es sehr, anderenfalls kann ich meine Miete nicht mehr bezahlen".

Ein paar Minuten schwiegen sie, jeder in Gedanken versunken. Der Mann sah sie seltsam an. Prüfend irgendwie und sie begann plötzlich, sich sehr unwohl zu fühlen.

„Entschuldigen Sie mich bitte einen Moment", sagte Corinna und verschwand auf die Toilette. Irgendwie war ihr mit einem Mal komisch. Der Kreislauf bestimmt, ihr war plötzlich schwindlig. Sie atmete ein paar Mal tief durch. Dieser Mann….. Vielleicht hätte sie das alles gar nicht erzählen sollen, der kannte sie doch gar nicht. Vielleicht war das ein Chef von irgendeiner Firma und der hätte ihr nun einen Job gegeben? Wieso interessierte er sich so für ihre Geschichten? Und dann erzählte sie ihm, wie unfähig sie war, sie sollte wirklich aufpassen, was sie sagt, aber sie hat ja immer alles direkt auf der Zunge liegen.

Sie ging wieder raus, der Mann war weg. ‚Blödsinn', dachte sie, ‚von wegen Chef einer Firma, was ich mir immer einbilde. Ich habe einfach zu viel Fantasie.' Sie rief nach der Bedienung und wollte zahlen. Als die junge Frau kam, sagte sie:

„Der Herr, der an Ihrem Tisch saß, hat schon bezahlt. Es ist erledigt. Aber das hier soll ich Ihnen von ihm geben." Sie zog einen länglichen weißen Briefumschlag aus ihrer Schürzentasche.

„Was ist das denn?" fragte Corinna neugierig.

„Ich habe keine Ahnung". Die junge Frau zuckte mit den Schultern. „Er sagte nur, geben Sie das der hübschen Frau, die bei mir am Tisch saß, wenn sie wieder kommt."

Corinna öffnete den Umschlag in der Hoffnung, eine Einladung zu einem Vorstellungsgespräch zu finden, aber was sie dann sah, verschlug ihr die Sprache. In dem Umschlag waren zehn Hundert-Euroscheine. Tausend Euro für Sie – geschenkt!

„Wer war der Mann?" fragte sie die Bedienung.

„Keine Ahnung, ich habe ihn nie gesehen."

Corinna sprang auf, stürzte vor die Tür, den Umschlag immer noch in der Hand, schaute die Straße rauf und runter, von dem Mann keine Spur, er war weg. Sie ging wieder rein und bat die Bedienung um einen Zettel, auf den sie ihre Adresse schrieb.

„Wenn er jemals wieder kommt, bitte geben Sie ihm diesen Zettel mit meiner Adresse. Ich möchte mich gerne bei ihm bedanken, wenn er mir sagt, wo ich ihn finde."

„Ja, klar", nickte die junge Frau verständnislos.

Corinna machte sich auf den Heimweg. Sie war völlig fertig. Was hatte das jetzt wieder zu bedeuten? Wieso schenkte ein völlig fremder Mann ihr tausend Euro? Wie passt das wieder in die Schicksalsgesetze? Vielleicht war er ein Engel in Menschengestalt?

‚Was passieren mir für Sachen, das darf alles nicht wahr sein', dachte sie, während sie mit der U-Bahn nach Hause fuhr.

Dort angekommen, warf sie sich zuerst aufs Bett und nahm sich das Buch vor. Da musste irgendwas drinstehen für einen solchen Fall. Dieses Geld rettete ihr die Miete für drei Monate und es blieben noch hundert Euro übrig. Es war nicht zu fassen. Der Druck, der auf ihr lastete, war weg. Nun konnte sie in Ruhe und ohne Kampf die Jobsuche angehen.

Sie las etwas über das Gesetz der Anziehung oder das Resonanzgesetz. Es funktioniert immer zu hundert Prozent, versprach das Buch. So, wie man im Innern eingestellt ist, so wird es sich im Außen verwirklichen. Aber es funktioniert nur, wenn die entsprechenden Gefühle dabei sind. Positiv zu denken, nützt gar nichts. Wer innerlich am Weinen ist und seinen Kopf einsetzt, um die depressiven Gedanken zu vertreiben, erreicht nichts, absolut nichts. Wenn das innerliche Gefühl nicht stimmt, verwirklicht das Schicksal das, was man innen fühlt und nicht das, was man an der Oberfläche denkt.

Hm? Sie hatte aber doch gar nicht dran gedacht, dass sie Geld bekommen würde.

Am nächsten Morgen nahm sie sich vor, noch einmal in „ihr" Café zu fahren. Vielleicht sah sie den Mann wieder, um sich zu bedanken? Sie kaufte zum ersten Mal eine Fahrkarte an der U-Bahn-Station, immerhin war sie jetzt reich, zumindest fühlte es sich so an nach den letzten Wochen, in denen sie jeden Cent zweimal umgedreht hatte. Prompt kam ein Kontrolleur und wollte die Fahrkarte sehen. Sie war nun schon so oft ohne Karte gefahren und nun hatte sie zum ersten Mal eine und wurde sofort kontrolliert. Sie strahlte den mürrisch dreinschauenden Mann an, sie fand das lustig. Der Mann zögerte einen Moment, dann lächelte er zurück:

„So eine gute Laune schon am frühen Morgen?"

Ihr Grinsen wurde breiter. „Ja, manchmal ist das Leben so komisch, da muss man einfach lachen."

„Na, dann noch viel Spaß heute im Leben."

„Ganz bestimmt".

Sie grinste im Fenster ihr Spiegelbild an, an dem draußen Betonwände in ca. 15 cm Abstand vorbeiflogen. Es war voll, es war laut, aber sie war glücklich.

‚Wenn man gar nicht damit rechnet und sich mit der Situation abgefunden hat, dann passieren wohl die unmöglichsten Dinge', dachte sie für sich. Das wollte sie in Zukunft öfter tun.

Am Bahnhof angekommen, sprang sie die Treppen hinauf und sauste zu ihrem Stammcafé. Hier würde sie keine Zähne mehr putzen und die Morgentoilette verrichten, sie hatte jetzt ein Zuhause. Ein eigenes. Ein warmes. Mit Bett und Dusche. Es war ein Traum, auch wenn es nur sehr klein war.

Als sie das Café betrat, strahlte die junge Frau mit dem blonden Pferdeschwanz sie an:

„Da sieht man Sie aber schnell wieder. Ist alles okay?"

„Ja, ich wollte nur nochmal vorbeischauen und sehen, ob vielleicht der ältere Herr nochmal da ist. Haben Sie ihn nicht nochmal gesehen".

„Nein, nicht nochmal und vorher auch noch nie, ich habe keine Ahnung, wer das ist und ich kenne normalerweise die Leute, die immer hierher kommen. Er war ein Fremder."

„Kann sein", erwiderte Corinna und dachte, während sie zu ihrem Platz ging ‚vielleicht war es tatsächlich ein Engel?'

Sie gönnte sich heute ein Stück Apfelkuchen zu ihren Cappuccino und ließ sich die Tageszeitung mitbringen. Noch während des Essens überflog sie die Stellenangebote und blieb an einer Anzeige hängen. Eine Sachbearbeiterin wurde gesucht für den Kundendienst. Das wäre doch was, sie wollte gleich anrufen und bat um das Telefon. Der Chef meldete sich persönlich und Corinna sprach ganz offen und ehrlich:

„Hallo, mein Name ist Corinna, ich bin superdringend auf der Suche nach einem Job, denn ich habe mich gerade von meinem Mann getrennt und muss nun alleine zurechtkommen. Ihre Anzeige fiel mir sofort auf, ich weiß, Kundendienst würde mir echt Spaß machen und ich kann das natürlich auch."

„Hätten Sie Zeit, sich vorzustellen?" fragte die männliche Stimme am anderen Ende.

„Ja, klar, von mir aus sofort."

„Ja, dann machen wir das doch so." Er klang freundlich, nannte ihr noch die Adresse und in zwei Stunden waren sie verabredet. Sie legte auf und starrte das Telefon an. Sie hatte ein Vorstellungsgespräch, einfach so, ohne damit gerechnet zu haben. Sie hatte jetzt gar keinen Druck mehr, sofort eine Arbeit finden zu müssen. Was hatte sie herumtelefoniert, immer hieß es, schon vergeben, kein Interesse, zu alt usw. Und jetzt…. zack, zack… klappte das einfach so. Sie kramte ihren Stadtplan heraus und suchte die Adresse. Da – zwei U-Bahnstationen zurück, die Straße runter, durch einen Park, eine Straße rechts, dann war sie schon da. Sie schaute an sich herunter. Jeans, Stiefeletten, ein bunter, dünner Pullover, das war nicht gerade das Outfit für ein Vorstellungsgespräch, aber sie wollte nicht mehr nach Hause fahren, wenn es nicht klappte, würde es beim nächsten Mal klappen. Am besten fuhr sie gleich los, schlenderte noch ein bisschen durch den Park und war dann pünktlich da.

Zwei Stunden später stand sie vor einem uralten Sandsteingebäude. Die Gegend sah nicht grade schön aus. Wohnblocks mit abgeblätterter Fassade, verrostete Hoftore, Autos parkten kreuz und quer und das Gebäude machte alles andere als einen einladenden Eindruck. Aber sie wollte ja hier nicht wohnen, sondern arbeiten. Sie suchte den Eingang. Eine alte Eisentür war es wohl, zumindest hing ein Schild mit der Aufschrift „Eingang" dort. Sie trat in einen großen, dunklen Raum, in dem es nichts anderes gab als einen Lastenaufzug. Der kam gerade herunter und ein Mann in blauer Arbeitshose stieg aus und schob einen Rollwagen voller Pakete Richtung Tür.

„Sorry", sprach Corinna ihn an, „ich suche Herrn Trepp. Können Sie mir weiterhelfen?"

„Ja, Moment, ich fahre gleich wieder hoch, Sie können mitfahren". Damit entschwand er nach draußen und kam zwei Minuten später zurück.

„Das ist unser Haupteingang, aber nur für Lieferanten und Personal", erklärte er. „Die Kunden kommen durch den Eingang in der Straße auf der anderen Seite."

„Ach so", nickte Corinna, ohne zu verstehen, was er meinte. Sie hatte keine andere Straße und keinen anderen Eingang gesehen. Der Aufzug hielt im vierten Stockwerk, die Tür ging auf und sie traten heraus in eine helle und moderne Büroetage. Wie doch der äußere Schein täuschen konnte. Der Mann wies sie an, mitzugehen und sie folgte ihm, vorbei an Schreibtischen, an denen Frauen fleißig tippten und telefonierten. Eine Seite des Büros bestand aus einer durchgehenden Glasscheibe, dahinter befand sich wohl die Werkstatt, denn dort wuselten Männer in Blaumännern herum. Sie traten durch eine Tür, überquerten einen Gang und dann klopfte der Mann an eine Tür, um sie kurz darauf zu öffnen.

„Chef, da ist Besuch für Sie da", erklärte er.

„Ja, bringen Sie die Dame rein".

Er machte die Tür ganz auf und Corinna sah sich einem freundlich dreinblickenden, schwarzhaarigen Mann in ihrem Alter gegenüber. Mit einer einladenden Handbewegung wies er auf einen Lederstuhl, der gegenüber seiner Schreibtischseite stand.

„Möchten Sie einen Kaffee?", war das erste, was er sagte.

Sie strahlte ihn an, verwundert, so freundlich empfangen zu werden. „Ja, gerne, ich bin sowieso so ein alter Kaffeehase."

„Dann sind Sie bei uns aber absolut richtig. Hier können Sie in Kaffee baden". Er lachte. „Wir handeln mit Kaffee, wir verkaufen Kaffeemaschinen, wir reparieren welche und machen noch ganz andere Sachen."

Er stellte eine Tasse dampfenden Kaffee vor sie, ein kleines Tablett mit Zucker und Milch daneben und setzte sich wieder in seinen Chefsessel.

„Uns hat eine Mitarbeiterin wegen Schwangerschaft verlassen", begann er, „nun brauchen wir dringend jemanden für den Kundendienst zur Auftragsbearbeitung. Trauen Sie sich das zu? Sie hätten mit Lieferanten zu tun, Händlern, aber auch mit privaten Kunden. Der Job ist abwechslungsreich, aber ich erwarte 100%igen Einsatz und absolute Zuverlässigkeit."

Corinna nickte. „Mein zweiter Vorname ist Zuverlässigkeit und ich sehe in den genannten Dingen kein Problem. Ich habe Arzthelferin gelernt und eine ganze Praxis allein geschmissen, aber eine kaufmännische Ausbildung habe ich auch. Möchten Sie Zeugnisse sehen, muss ich leider passen, die sind alle noch im Haus meines Ex-Mannes, die habe ich nicht mitgenommen, weil ich so kopflos getürmt bin."

„Wieso kopflos getürmt?" fragte er neugierig.

Corinna erzählte von ihrer Flucht, mit wenigen Worten von ihrer Ehe und warum sie geflüchtet war und wie die Wochen danach abliefen. Nicht ohne Stolz erwähnte sie auch die neue Wohnung. Er hörte aufmerksam zu.

„Ich lebe auch grade in einer sehr unangenehmen Scheidung", gestand er, „das ist echt nicht immer leicht. Und dann verschwinden Sie über 400 km weit mit nichts und wieder nichts und fangen wieder ganz von vorne an?"

„Ja, es sieht so aus", sagte sie fest.

„Ich bewundere das", sagte er nachdenklich, „da gehört was dazu. Sie haben den Job, ich denke, wer sich so durchbeißen kann, der schafft alles."

Corinna strahlte. „Ich werde sie nicht enttäuschen".

„Das glaube ich Ihnen jetzt tatsächlich". Er strahlte zurück. „Fangen Sie am Montag an, bei uns geht es um sieben Uhr los, wir können dann den Arbeitsvertrag machen".

„Ist in Ordnung. Am Montag um sieben Uhr bin ich da."

Er verabschiedete sie, brachte sie noch bis zum Aufzug, dann fuhr sie herunter und plötzlich sah das ganze Gebäude gar nicht mehr so schlimm aus. Auf der Straße hielt sie inne.

‚Ich habe einen Job', dachte sie, ‚ich habe tatsächlich einen Job'.

Dann fiel ihr ein, dass sie gar nicht nach der Bezahlung gefragt hatte. Überhaupt einen Job zu haben, war ihr viel wichtiger, da hatte sie diese Frage ganz vergessen. Sie würde am Montag fragen, das hatte Zeit.

Zuhause angekommen, sah sie sich um.

‚Wenn das tatsächlich klappt', dachte sie, ‚werde ich hier etwas investieren. Ich brauche dringend ein Telefon.'

Dabei dachte sie an ihren Sohn, der seit zwei Monaten nichts von ihr gehört hatte, nicht wusste, wo sie war, ob sie noch lebte, es war unverantwortlich. Aber wenn sie nun Job und Wohnung hatte, konnte sie sich ja melden, ohne sich schämen zu müssen. Er hatte in wenigen Tagen seinen zwanzigsten Geburtstag, da wollte sie anrufen und bis dahin musste das Telefon da sein.

*

Es war Samstag, Mitte November. Am Montag sollte sie ihre Arbeit aufnehmen. Die Woche war ereignisreich gewesen. Sie hatte sich wenige, bürotaugliche Kleidungsstücke gekauft, einen Telefonapparat, der einfach nur eingestöpselt werden musste und der seit gestern Abend auch eine eigene Rufnummer hatte. Als erstes wollte sie Karin anrufen, ihre Freundin in Berlin, mit der sie jeden Morgen zusammen am Telefon gefrühstückt hatte, jeden Morgen von sechs bis sieben Uhr, bevor Karin sich auf den Weg zu der Behörde machte, bei der sie arbeitete. Die Nummer kannte sie auswendig. Es klingelte fünf Mal, Corinna hatte schon Angst, sie ist nicht da. Als sie sich gemeldet hatte, brüllte Karin ins Telefon:

„CORINNA! Bist Du von allen guten Geistern verlassen? Wo bist Du? Wo warst Du? Weißt Du, was hier los war? Dein Mann hat mich bedroht, er wollte mich umbringen, er dachte, Du bist bei mir."

„Oh Gott. Was? Ich bin weit weg, Karin, ich bin bei Nacht und Nebel einfach verschwunden. Mich wollte er auch umbringen."

„Geht es Dir gut? Mann, Gott sei Dank meldest Du Dich, ich dachte schon, Du lebst nicht mehr. Wieso hast Du nichts von Dir hören lassen?"

„Ach, Karin, das erzähle ich Dir ein anderes Mal. Ich wollte jetzt einfach mal ein Lebenszeichen von mir geben, die letzten Wochen waren nicht leicht."

„Erzähl es mir und sag mir doch, wo Du bist."

„Nein, Karin, ich sag es nicht. Sei mir nicht böse, nachher kriegt er es noch raus, dann bin ich tot."

„Na gut, okay. Der ist ja irre, der Mann. Bin ich froh, dass Du in Sicherheit bist. Pass bloß auf Dich auf."

„Ja, klar, das mache ich doch immer."

„Ja, ja, das hat man gesehen". Das klang nicht sehr überzeugt. „Bist Du ganz allein?"

„Ja, Karin, ganz allein".

„Mensch, Corinna, det is ja furchtbar", fiel sie in ihren Berliner Dialekt.

„Unkraut vergeht nicht, oder? Das weißt Du doch. Lass uns die Tage nochmal sprechen, ich will mich noch bei meiner Mutter melden."

„Ja, mach det, die Jute is sicher och schon total im Eimer."

„Wird schon alles. Halt die Ohren steif, ich melde mich wieder, okay".

„Ja, tschüssi, sei vorsichtig".

„Klar, tschüss." Damit legte sie auf.

Nun kam der schlimmste Teil des Tages. Der erste Anruf zu Hause. Fünf Minuten saß sie da und starrte das Telefon an. Ihre Hände waren schweißnass, sie hatte Angst. Sie kam sich vor wie ein Verbrecher, der aus dem Gefängnis ausgebrochen war und sich nun zurückmeldete. Es half nichts, es musste sein. Mit zitternden Fingern wählte sie die bekannte Nummer. Nachdem ihre Mutter sich gemeldet hatte, sagte sie nur: „Hallo, ich bin's" Schweigen. Dann schimpfte ihre Mutter los:

„Mein Gott, wo bist Du denn? Weißt Du, was für einen Schrecken Du uns eingejagt hast? Bist Du noch zu retten?"

„Ja, danke, es geht mir gut", sagte sie ohne auf die Vorwürfe ihrer Mutter einzugehen.

„Na, Gott sei Dank", kam vorwurfsvoll zurück, „weißt Du überhaupt, was hier los ist? Der dreht ja voll ab, das hält ja kein Mensch mehr aus."

Corinna wusste, sie sprach von ihrem Mann. Nicht ganz ohne ein inneres Gefühl von „dann erlebt ihr jetzt mal das, was ich seit vierundzwanzig Jahren erlebt habe", fragte sie: „Wieso, was ist denn los?"

„Hier herrscht voll der Psychoterror. Jeden Tag will er sich umbringen. Mal packt er einen Strick ein und fährt in den Wald, um sich aufzuhängen, nach Stunden kommt er wieder. Dann will er sich mit Autoabgasen umbringen, letzte Woche wollte er sich erschießen. Vorgestern ist er nach Nürnberg gefahren und sagte, er findet Dich und dann erschießt er Dich. Bist Du in Nürnberg?"

Corinna gefror das Blut in den Adern. Woher wusste er, dass sie in Nürnberg war?

„Mama, gut, dass Du mir das sagst. Ja, ich bin in Nürnberg, aber das bleibt unter uns, Du weißt von nichts und ich habe Dich auch nicht angerufen. Klar?"

„Ja, ich sage nichts, um Gottes Willen. Was meinst Du, was Alex mitmacht, der weiß bald nicht mehr, ob er noch heimkommen soll."

Alex! Ihr Sohn, den sie über alles liebte. In zwei Tagen würde er seinen zwanzigsten Geburtstag haben und sie wäre nicht da.

„Sag Alex bitte, ich werde ihn an seinem Geburtstag anrufen. Nachmittags gegen fünfzehn Uhr, wenn sein Vater noch nicht zuhause ist. Okay? Aber schau, dass er das nicht mitbekommt."

„Ja, gut, mach ich."

„Ich muss Schluss machen. Ich melde mich wieder."

„Ja, pass bloß auf Dich auf!"

„Ja, keine Sorge. Tschüss." Damit legte sie auf. Sie zitterte am ganzen Körper. Das war der erste Kontakt mit dem alten Leben. Oh Gott, die Verbindung war noch extrem stark, das Gespräch hatte sie sehr mitgenommen. Den Rest des Tages dachte sie unentwegt darüber nach, was sich dort abspielen würde, sie kannte ihn und seine Wutanfälle, die extreme Dramatik, von der man nie wusste, war sie ernst gemeint oder nur Show und ein Erpressungsversuch. Sie musste ihre Mutter und Alex vor ihm schützen….. irgendwie. Sie wollte warten, bis sie mit ihrem Sohn gesprochen hatte.

Den Sonntag verbrachte sie damit, ihrem Mann einen langen Brief zu schreiben, in dem sie ihn bat, Rücksicht auf die anderen zu nehmen, seine Wut nicht an ihnen auszulassen, versuchte zu erklären, wieso sie diesen Schritt getan hatte, tun hat müssen, weil mit ihm nicht zu reden war und betonte nochmals, dass sie nicht zurückkommen würde. Am Abend lief sie zur Post, zog eine Briefmarke am Automaten, klebte sie auf und warf den Brief in den Kasten. Sie wollte früh schlafen gehen, morgen war der erste Arbeitstag.

Auf dem Heimweg hielt mit quietschenden Reifen ein Auto neben ihr – Isabelle. Sie sprang aus ihrem

Taxi und kam um den Wagen herum auf Corinna zu.

„Sag mal, wo warst Du denn bloß? Wir haben uns schon Sorgen gemacht. Verschwindest Du immer spurlos?"

Sie merkte den vorwurfsvollen Ton in Isabelles Stimme.

„Oh, Isabelle, es war so viel los, ich kam zu gar nichts mehr. Stell Dir vor, ein wildfremder Mann hat mir im Café tausend Euro geschenkt, ich habe eine Wohnung und morgen fange ich an zu arbeiten. Irgendwie lief alles wie am Schnürchen, ganz plötzlich, auf ein Mal."

Isabelle lachte und umarmte sie spontan. „Mensch, das freut mich aber zu hören. Dann sei Dir mal verziehen."

„Und Du?" fragte Corinna, „Wie geht's Dir und Helmut?"

„Ich höre auf mit dem Taxifahren."

„Was? Wieso denn?"

„Liest Du keine Zeitung?"

„Doch, den Stellenmarkt und die Wohnungs-anzeigen."

„Dann weißt Du es gar nicht, oder?"

„Was denn?"

„Babsi ist tot."

Corinna wurde blass und ihr Magen krampfte sich zusammen. „Wieso ist Babsi tot? War sie krank?"

„Nein, ein Fahrgast hat sie abgeschlachtet mit 27 Messerstichen wegen nicht ganz hundert Euro in der Kasse. Wir haben alles über Funk mitbekommen, aber wir waren nicht schnell genug da, um ihr zu helfen."

Corinna schluckte. „Ach Du Scheiße. Ich glaube, mir wird schlecht."

„Frag mich. Ich kann den Job nach diesem Erlebnis nicht mehr machen. Rainer, ihr Freund, Du hast ihn mal kurz kennengelernt, war als erster zur Stelle, sie ist in seinen Armen gestorben. Er hat den Schlüssel in sein Taxi geschmissen, es mitten auf der Straße stehen lassen und ist gegangen. Seither hat ihn niemand mehr gesehen."

„Oh, mein Gott".

„Ja, das kannst Du laut sagen. Die Beerdigung war letzten Donnerstag. Helmut fährt noch weiter, aber ich kann es nicht mehr. Den Täter haben sie noch nicht mal gefasst."

„Das ist ja furchtbar. Die arme Babsi, sie war noch so jung."

„Ja, die ganze Taxiwelt steht Kopf. Taxifahren ist ein gefährlicher Job, vor allem nachts. Da ist schon viel passiert in der Großstadt. Ich will's nicht mehr."

„Das ist vielleicht auch besser so, nicht dass Dir auch noch was passiert. Und jetzt? Was willst Du machen?"

„Ich weiß noch nicht, ich bin erstmal krankgeschrieben, so hat mir das zugesetzt."

„Ach Isabelle", sagte Corinna traurig, während sie die Freundin umarmte, „Du hast mir so viel geholfen und jetzt so eine Geschichte. Ich wünsch Dir alles Gute und ich bin froh, dass Du mit dem Job aufhörst, das hätte ich nicht gedacht, dass solche Sachen passieren."

„Ich hab's Dir gleich zu Anfang gesagt, die Großstadt ist gefährlich. Gut, dass Du jetzt eine Wohnung hast. Lauf nicht mehr abends auf der Straße rum, wer weiß, wo der Kerl rumläuft?"

Corinna lief ein kalter Schauer über den Rücken. Hier laufen Mörder frei herum und ihr eigener Mann war hier mit einer Pistole, um sie zu finden. Das alles hörte sich an wie ein Alptraum. Plötzlich wollte sie nur noch schnell zurück in ihre vier Wände.

„Ich muss los, Isabelle. Es tut mir unendlich leid, was Du mir erzählt hast. Halt die Ohren steif und vielleicht sieht man sich mal wieder. Ich werde Dir nie vergessen, was Du für mich getan hast."

„Ist schon gut, ich drücke Dir die Daumen, dass Du es schaffst."

„Danke, das werde ich". Damit drehte sie sich um und machte sich auf den Heimweg, während Isabelle ins Auto stieg und in die entgegengesetzte Richtung davon fuhr.

‚Die werde ich nie mehr wiedersehen', dachte Corinna und dann dachte sie an Babsi und wie sich eine Frau fühlen musste, wenn sie überfallen wird und 27 Messerstiche abbekommt. Ein Schauer lief ihr durch den Körper, unwillkürlich schaute sie sich um. Aber es folgte ihr niemand. Dann dachte sie an Rainer. Der arme Mann. Was für eine Tragödie!

In der folgenden Nacht schlief sie schlecht und träumte wirres Zeug, dabei wäre sie gerne ausgeschlafen zum Arbeitsantritt gekommen.

*

Um halb sieben in der Früh stieg sie in die U-Bahn. Es war noch stockdunkel, aber es waren schon viele Menschen unterwegs, die U-Bahn war brechend voll. Der Arbeitsweg, der ihr zuvor so gut gefallen hatte, sah nun bei Dunkelheit gar nicht mehr so schön aus. Vor allem das Stück durch den Park kam ihr unheimlich vor. Hier war niemand, der Park war leer. Sie fürchtete sich zu Tode. Immer wieder warf sie einen Blick zurück, aber sie war allein. Als sie die Straße auf der anderen Seite erreicht hatte, atmete sie auf. Bestimmt steckte einfach noch die Geschichte in ihren Gliedern, die sie gestern Abend gehört hatte. Hätte sie sich auch so gefürchtet, wenn Isabelle ihr das nicht erzählt hätte? Wahrscheinlich nicht. Dennoch dachte sie daran, diesen Weg jetzt jeden Morgen und jeden Abend zurücklegen zu müssen. Bei diesem Gedanken graute es ihr. Sie würde ganz einfach auf dem Stadtplan einen anderen Weg suchen, gleich heute Abend würde sie schauen. Nicht, dass ihr wieder der Job versaut würde, nur weil sie innerlich gegen den Arbeitsweg eingestellt war.

Das Gebäude fand sie auf Anhieb und benutzte den gleichen Eingang wie gehabt. Der Lastenaufzug stand unten, sie stieg ein und drückte den Knopf der vierten Etage. Sie wusste nicht so recht, wohin, aber zufällig lief ihr der Chef über den Weg, kaum hatte sie den Fahrstuhl verlassen.

„Ah, guten Morgen", sagte er gut gelaunt, „kommen Sie mit, ich möchte sie vorstellen." Er trug eine hellgraue Hose und ein dunkelblaues Hemd mit dunkelblauer Krawatte und sah richtig gut aus. „Hier reden sich alle mit Du an, haben Sie was dagegen?"

„Nein, natürlich nicht, das ist mir sehr recht. Ich heiße Corinna."

„Okay", lachte er, während er irgendwie beschützend die Hand auf ihren Rücken legte und sie sanft ins Büro schob.

„Meine Damen", sprach der Chef, „wir haben heute Zuwachs bekommen. Das ist Corinna, sie wird künftig die Arbeit von Annette machen. Corinna, das sind Lydia, Irmgard, Marion und Sabine. Hier im Nebenraum hinter der Glasscheibe ist die Werkstatt, die Herren werden Sie noch kennenlernen. Der große Blonde ist Markus, er ist mein Stellvertreter und der Herr der Computer. Wenn irgendwas an Ihrem PC ist, müssen Sie sich immer an ihn wenden. Hier, dieser Schreibtisch ist Ihrer."

Er zeigte auf einen leeren Platz in dem großen Büro. Der Schreibtisch war groß, sauber, mit Bildschirm und Telefon, Headset und einer großen Kaffeetasse, sogar ein Blümchen gab es.

Er wandte sich um:

„Lydia, zeigen Sie Corinna doch bitte, wie unser Programm arbeitet und erklären Sie ihr das Wichtigste." Zu Corinna gewandt, zwinkerte er und meinte: „Das allerwichtigste in diesem Raum ist die schwarze, große Kaffeemaschine da hinten. Cappuccino, Espresso, Café Latte, normaler Café, hier gibt es alles und alles gratis. Auch Kakao, wenn Sie möchten."

Corinna lachte: „Das ist ja super. Dann werde ich hier wohl noch zum Kaffeeholic?"

„Das will ich doch hoffen", lachte er zurück, „Kaffee ist unser Geschäft."

Corinna setzte sich und Lydia zog ihren Schreibtischstuhl zu ihr her. Der ganze Tag ging drauf mit Erklärungen und Einweisungen. Am Abend rauchte ihr der Kopf und sie war froh, als Feierabend war. Immerhin durfte man schon um 16 Uhr gehen, weil man ja schon um sieben Uhr anfing. Als sie durch den Park lief, war es noch grade so hell. Gott sei Dank. Am nächsten Tag sollte sie den Arbeitsvertrag unterschreiben. Sie hatte noch einmal die Zeitungsanzeige ausgekramt, dort stand nur „gute Bezahlung". Darunter konnte sie sich überhaupt nichts vorstellen nach zwanzig Jahren Hausfrauen-dasein, sie wusste nicht, was Frauen heutzutage verdienten. Aber sie war guter Hoffnung, dass es schon passen würde. Danach suchte sie im Stadtplan einen anderen Weg zur Arbeit. Den gab es auch, aber es waren gut zwei Kilometer Umweg, sie musste den ganzen Park umgehen. Das hieß, Start zuhause war um sechs statt um halb sieben.

Erneut schlief sie schlecht in der Nacht, träumte wirres Zeug, wurde verfolgt, floh und kam nicht von der Stelle und wachte am Morgen wie gerädert auf.

„Du bist blöd", sagte sie zu ihrem Spiegelbild im Bad, hindurch durch das rote Herz aus Lippenstift, das immer noch den Spiegel als persönliche Note zierte, „jetzt hast Du ein Bett, hast es warm und kuschelig und jetzt schläfst Du schlecht. Dumme Nuss."

Sie beeilte sich, sich fertig zu machen, damit sie den Umweg laufen konnte. Eine enge blaue Jeans, neu erstanden, schwarze Bikerstiefel und ein schwarzer Pullover, darüber wie gehabt den olivfarbenen Parka. Sie sah nicht grade wie eine Chefsekretärin aus, aber es war bequem und praktisch. Ihr langes, schwarzes, dauergewelltes Haar umrahmte ihr zierliches Gesicht mit den mandelförmigen Augen in voller Fülle und ein bisschen Lippenstift und Kajal, mehr brauchte es nicht, um gut auszusehen. Sie warf ihren Rucksack über die Schulter und machte sich auf den Weg. Auch um sechs Uhr war die U-Bahn schon voll. In dieser Stadt lebten so viele Menschen, das war nicht zu glauben. Sie fuhr diesmal eine U-Bahn-Station weiter, machte sich auf den im Stadtplan herausgesuchten Weg, der sie den Park vermeiden ließ. Dabei kam sie über eine Brücke, die ihr bekannt vorkam. Sie blieb stehen und schaute hinunter. Genau hier, genau an dieser Stelle war sie vor einiger Zeit gestanden und hatte überlegt, über das Geländer zu klettern und ihrem Leben ein Ende zu setzen. Genau hier hatte etwas zu ihr gesprochen. Das war noch nicht lange her und an diesem Tag war sie so verzweifelt gewesen, hoffnungslos, niemals eine Wohnung oder einen Job zu finden. Nun war sie auf dem Weg zu ihrer Arbeit und kam direkt von ihrer Wohnung aus ihrem eigenen Bett.

‚Man soll niemals so verzweifelt sein', dachte sie, ‚dass man die Hoffnung ganz verliert, es kommt immer anders als man denkt und höchst-wahrscheinlich genau dann, wenn man mit dem Rücken an der Wand steht und nicht mehr weiter weiß.'

Ein Glücksgefühl durchströmte sie, sie hatte es geschafft. Das, was sie sich vorgenommen hatte, hatte sie geschafft. Diesmal würde sie den Job auch behalten, dessen war sie sich sicher, es fühlte sich absolut stimmig an.

Fröhlich setzte sie ihren Weg fort. Die frische Luft tat ihr gut und das Laufen machte ihr keine Probleme, sie lief gerne und war gerne in

Bewegung. Was würde weiterhin passieren? Innerhalb sechs, wenn auch superharter Wochen, hatte sie eine Wohnung gefunden und das ohne Job, sie würde der netten Frau Huber ewig dankbar sein. Am besten würde sie sie heute Abend anrufen und ihr mitteilen, dass der Job gefunden war, damit sie sich keine Sorgen um ihre Miete machen musste. Gerade eine Woche später hatte es mit dem Job geklappt. Und dieser Mann, der ihr die tausend Euro geschenkt hatte! Vielleicht würde sie ihn irgendwann noch einmal sehen, in der U-Bahn oder auf der Straße? Wo war er hergekommen? Wieso hatte er grade so tausend Euro einstecken? Hatte sie so mitleiderregend geklungen? Das ergab alles keinen Sinn, überhaupt keinen, aber es war gut und es war ihre Rettung gewesen, genau da, als sie es am allerdringendsten gebraucht hatte.

Der Arbeitstag verlief gut, alle Kolleginnen waren sehr, sehr nett, sie lebte sich sofort ein und verstand sich mit allen prima. Es gab Kaffee und Cappuccino kostenlos, soviel man wollte und der Chef war supernett und freundlich und sie hatte das Gefühl, er stand voll auf ihrer Seite. Die Arbeit ging ihr leicht von der Hand und machte ihr Spaß. Jede der fünf Damen im Büro, sie selbst mitgerechnet, war Kundendienstleiterin einer speziellen Marke und hatte den deutschlandweiten Kundendienst unter sich. Dies betraf private Kunden, aber auch Firmen und große Supermarktketten. Es war abwechslungsreich und spannend, weil immer neue Kundendienstprobleme auftraten, die es zu klären und zu regeln galt. Corinna war in ihrem Element, dieser Job war für sie wie gemacht. Mit dem entsprechenden Engagement tat sie ihre Arbeit.

Kurz vor Feierabend wurde sie zum Chef gerufen. Sicher ging es um den Arbeitsvertrag und sie war schon sehr gespannt, wieviel sie denn verdienen würde. Da sie seit zwanzig Jahren kein eigenes Geld mehr hatte, hatte sie keinerlei Ahnung, was ihre Arbeit wert war. Sie rechnete mit 800 EUR im Monat, vielleicht auch 1000. Hochkonzentriert und gespannt, klopfte sie an die Tür des Chefbüros und trat ein. Wie immer hatte sie sofort das Gefühl, die Wellenlänge stimmt und so wurde sie auch sehr freundlich und herzlich in Empfang genommen.

„Setzen Sie sich. Ich habe mir heute Ihre Arbeit angesehen und ich muss sagen, ich bin mehr als zufrieden. Es war Ihr erster Tag und Sie machen das, als hätten Sie nie etwas anderes getan. Ich glaube, mein Gefühl hat mich nicht getäuscht, Sie sind für uns ein Glücksfall." Er strahlte sie an.

„Oh, da bin ich aber froh", erwiderte Corinna nicht ohne Stolz.

„Ich habe den Arbeitsvertrag schon vorbereitet. Damit wir hier nicht so viel Zeit vertrödeln, gebe ich Ihnen ein Exemplar mit nach Hause, lesen Sie es in Ruhe durch und bringen Sie es morgen unterschrieben mit zurück. Hier habe ich noch eine Stechkarte für Sie. Wir haben gleitende Arbeitszeiten. Sie können kommen, wann Sie wollen und gehen, wann Sie wollen, nur am Wochenende müssen Sie Ihre 40 Stunden dagewesen sein. Es wäre natürlich von Vorteil, wenn Sie zu den Zeiten da wären, wenn andere Firmen auch arbeiten, damit Sie Ihre Telefonate führen können."

„Ja, das ist ja selbstverständlich", nickte Corinna, „ich denke, dass ich immer zwischen sieben und acht Uhr anfangen werde, schon allein deswegen, damit zu einer Tageszeit Feierabend ist, wo man noch was mit dem Tag anfangen kann."

„Genau, so sehe ich das auch", stimmte er zu. „Schauen Sie mal auf Seite drei, dort habe ich eingetragen, was Sie verdienen. Wenn die Sozialabgaben abgezogen sind, bleiben Ihnen 1500 EUR, ich denke, das ist ein angemessenes Gehalt für diesen Job. Was meinen Sie?"

Corinna schluckte, während sie die dritte Seite aufblätterte. 1500 Euro? Mit so viel hatte sie im Traum nicht gerechnet.

„Das ist ein tolles Gehalt", sagte sie ehrfürchtig, „ich bin mehr als zufrieden."

„Dann sind wir uns ja einig", lachte er, „willkommen in unserem Club."

„Super, sehr, sehr gerne. Ich bin Ihnen sehr dankbar, dass das alles so unkompliziert und reibungslos ging, so ganz ohne Referenzen und so. Das ist nicht normal."

„Ich verlasse mich lieber auf meine Menschenkenntnis und auf mein Gefühl, das hat mich selten getäuscht."

„Ich wollte, ich könnte das auch sagen", antwortete sie etwas wehmütig und er wusste, sie dachte an ihre Trennung.

„Kopf hoch, ab jetzt geht es aufwärts", sagte er aufmunternd.

„Ich hätte noch eine Bitte", begann sie etwas zögernd. „ich habe erfahren, dass mein Mann in Nürnberg war, er hatte eine Waffe dabei. Meine

Mutter hat es mir gesagt. Ich habe keine Ahnung, wie er erfahren hat, wo ich bin, vielleicht hat der Schalterbeamte am Bahnhof geplaudert? Auf jeden Fall wäre es mir sehr recht, wenn hier nach mir gefragt werden würde, dann kennt mich niemand. Denn sollte er herausbekommen, wo ich arbeite, werde ich meines Lebens nicht mehr froh."

Er sah sie nachdenklich an. „Ich denke, ich schreibe morgen eine E-Mail an alle und werde mit Nachdruck deutlich machen, dass Sie betreffend Schweigen herrscht. Die verstehen das schon alle, wir sind wie eine große Familie."

„Ich wäre Ihnen sehr, sehr dankbar."

Er stand auf, um das Gespräch zu beenden und sie erhob sich auch. Mit einem festen und herzlichen Händedruck versprach er: „Sie können sich drauf verlassen."

Erleichtert verließ sie sein Büro und die Firma und machte sich auf den Heimweg. Da es noch nicht dunkel war, nahm sie den Weg durch den Park. Sie war reich. Sie war so reich, sie konnte es nicht fassen. Was sollte sie mit 1500 EUR im Monat machen für sich alleine? Die Miete kostete nur 300 EUR, da blieben ja Unsummen übrig. Ihr war richtig schwindlig vor Glück. Dass das alles so eine gute Wende nehmen würde, das hätte sie vor Kurzem noch nicht gedacht, da wollte sie noch von der Brücke springen. Sie konnte nicht anders, sie hüpfte zur U-Bahn, sie strahlte die Menschen an, sie tanzte fast von der U-Bahn zu ihrer Wohnung. Was hatte sie alles erreicht, es war unglaublich und was hatte sie für ein Glück gehabt. Daheim zündete sie eine Kerze an, setzte sich auf Ihr Bett, schloss die Augen und dankte dem Himmel, dem Schicksal, dem lieben Gott oder wer auch immer zuständig war für ihren Reichtum und weinte Glückstränen. Sie hatte einen Traumjob, sie hatte den bestbezahlten Job, den sie sich vorstellen konnte. Sie hatte supernette Kollegen, eine Familie, Menschen, zu denen sie gehörte und die sie ernst nahmen, sie wurde für dieses Glück auch noch bezahlt. Und sie hatte ein Bett und eine Dusche und einen Herd und eine Waschmaschine und eine Heizung, die schön warm machte und fließendes Wasser. Sie war der glücklichste Mensch auf der ganzen Welt. Man lernt alltägliche Dinge erst zu schätzen, wenn man sie nicht mehr hat. Und sie war frei, sie war nur für sich allein verantwortlich, es war ihr eigenes Geld, ihr eigenes Zimmer, niemand würde mehr sagen „Du musst", sie war Herrin ihres Lebens – zum ersten Mal. Endlich! Sie schwamm auf einer Welle von Glücksgefühlen dahin, die sie durchs Zimmer

121

tanzen ließ. In dieser Nacht schlief sie ruhig und traumlos und wachte erholt und glücklich auf. Sie freute sich schon auf die Arbeit.

*

Obwohl es erst der zweite Arbeitstag war, war sie zwei Stunden früher gegangen, die sie am nächsten Tag nachholen wollte. Ihr Kind hatte Geburtstag und sie hatte versprochen, anzurufen. Wieder einmal saß sie schweißgebadet vorm Telefon und starrte es an wie die Schlange die Maus. Was sollte sie sagen? Wie würde es sich anfühlen? Oh Gott, sie hatte Angst.

Sie wählte mit zitternden Fingern die Nummer und es wurde sofort abgenommen. Sie sagte nur: „Alex?" und weiter kam sie nicht mehr. Sie hörte einen Aufschrei am anderen Ende.

„Mama, bitte komm wieder heim. Bitte."

Sie schluckte die Tränen runter und sie hatte das Gefühl, jemand würde ihr das Herz herausreißen. Die Verzweiflung in Alex' Stimme war so schlimm, darauf war sie nicht gefasst gewesen.

„Alex, bitte, beruhige Dich. Bitte hör mir zu", flehte sie.

„Nein, bitte komm einfach wieder nach Hause, ich vermisse Dich so, komm doch einfach wieder."

Er weinte.

„Alex", weinte sie jetzt auch, „ich kann nicht und das weißt Du auch. Was würde passieren, wenn ich käme? Stell es Dir vor, sag es mir."

Er wurde ruhiger.

„Ja, ich weiß, er bringt Dich um."

„Willst Du das?"

„Nein, natürlich nicht. Aber warum bist Du denn überhaupt gegangen?"

„Weil er herausbekommen hat, dass ich beim Anwalt war. Er ist voll durchgedreht. Eine normale Trennung war nicht möglich. Kannst Du Dich erinnern, wie oft wir darüber gesprochen haben?"

„Ja, ich weiß."

„Eben, Du weißt es sehr gut. Ich hoffe, dass Du mich irgendwie verstehst und mir verzeihst."

„Wieso hast Du Dich denn so lange nicht gemeldet?"

„Weil ich keine Wohnung hatte und keinen Job und kein Telefon, aber das ist jetzt vorbei. Ich habe einen tollen Job und eine möblierte Wohnung und wenn Du möchtest, kannst Du mich jederzeit besuchen."

„Ich weiß nicht, ob ich möchte, noch nicht. Nicht, solange hier so ein Theater ist."

„Ich habe schon mit Oma gesprochen, sie hat mir erzählt, was los ist. Stimmt das alles so? Oder übertreibt sie?"

„Es ist eher noch viel schlimmer, Oma bekommt gar nicht alles mit. Aber ich. Heute will er sich umbringen und morgen Dich und übermorgen will er das Haus in die Luft sprengen, es ist nicht mehr zu ertragen."

„Ich werde irgendetwas tun, damit Frieden einkehrt, ich verspreche es. Aber Du darfst ihm nicht sagen, dass ich angerufen habe, niemals, versprich mir das."

„Ich bin ja nicht blöd."

„Das weiß ich, aber auch nicht mal verplappern, okay? Was ist jetzt mit Deinem Geburtstag? Es tut mir so leid, dass ich nicht da bin."

Er brach wieder in Tränen aus. „Mir auch".

„Hör zu, Alex, hol Dir was zu schreiben, ich sage Dir meine Nummer von zuhause und von der Firma, für Dich bin ich immer erreichbar, jederzeit. Aber versteckt die Nummer gut, wir sehen uns bald wieder."

„Versprochen, Mama?"

„Ja, versprochen. Aber zuerst werde ich dafür sorgen, dass Du und Oma geschützt seid."

Sie tauschten noch ein paar Belanglosigkeiten aus und beendeten das Gespräch. Corinna konnte sich lebhaft vorstellen, unter welchem Druck Alex stand, wie ihr Mann alle tyrannisierte und wie alle unter seinem Verhalten litten. Sie war gegangen, nun musste sie etwas tun, sie konnte die beiden nicht hängen lassen. Sie hatte keine Ahnung was, aber eine Möglichkeit musste es geben. Plötzlich war das alles wieder so nah…. die Verantwortung, der Druck, der Streit, der Hass. Es war nicht mehr ihre Welt.

Abends lag sie im Bett und überlegte, was sie tun konnte. Polizei anrufen? Ihn anrufen? Seinen Chef? Sie wusste es nicht. Sie griff zum Telefonhörer und rief die Telefonseelsorge an, die Nummer hatte sie zuvor von der Auskunft erhalten. Dort schilderte sie die Lage, wie sie war. Man hörte ihr aufmerksam zu und am Ende sagte der freundliche Mann:

„Wenden Sie sich an den Standortpfarrer, das ist wohl die beste Möglichkeit, dazu würde ich Ihnen raten."

Sie bedankte sich und nahm sich vor, das gleich am nächsten Tag zu tun.

Als sie am nächsten Tag von der Arbeit kam, musste sie zuerst einige Zeit herumtelefonieren, bis sie die Nummer des zuständigen Pfarrers hatte. Sie hatte Glück, er war gleich am Telefon. Es wurde ein sehr langes Gespräch. Am Ende fragte er:

„Wie fühlen Sie sich?"

„Schuldig", sagte Corinna, „ich bin schuld, dass es meiner Mutter und meinem Sohn so dreckig geht, aber ich konnte nicht mehr bleiben."

„Hören Sie", sagte der Pfarrer mit einer warmen und sanften Stimme, „ein Mensch, der sich so verhält und mit Erpressung versucht, seinen Willen durchzusetzen und nichts anderes tut er, hat jedes Recht auf Kommunikation verloren. Ich werde mich um die Sache kümmern, aber zuvor möchte ich die andere Seite hören, ich möchte mit ihrem Sohn sprechen. Können Sie ein Treffen zwischen mir und ihm arrangieren?"

„Ja, natürlich", sagte Corinna erleichtert, „das mache ich gerne. Ich bin ihnen sehr dankbar, dass Sie helfen wollen."

Das Treffen zwischen Alex und dem Pfarrer fand zwei Wochen später in einer Gaststätte statt und da Alex alles bestätigen konnte, was Corinna erzählt hatte, wurde ihr Mann mit ärztlicher Anweisung in die Psychiatrie eingeliefert. Alle atmeten auf. Es kehrte Ruhe ein und ihre Gespräche mit Alex bekamen eine andere Qualität. Er war dankbar, dass der Druck und Hass vorbei war, dass die Angst verschwunden war, vorerst war einfach nur Ruhe. Auch mit ihrer Mutter führte Corinna Gespräche, alles ohne

Angst, man kam sich wieder näher, es war sehr, sehr erleichternd.

*

Weihnachten und Neujahr vergingen, sie hatte nun ein paar Tage frei und fühlte sich einsam. Alles feierte mit Familie, mit Kindern und Verwandten und sie saß allein in ihrer Ein-Zimmer-Wohnung und fiel in eine depressive Stimmung. Mehr als einmal fragte sie sich an diesen langen einsamen Tagen: „War es richtig, was ich getan habe?" und immer wieder musste sie sich die gleiche Antwort geben: „Ja, es gab nämlich keine andere Wahl".

Nach den Feiertagen begann der normale Alltag wieder und sie war froh. Sie freute sich auf die Arbeit, freute sich, wieder unter Kollegen und Kolleginnen zu sein, eine andere Familie gab es nicht mehr. Seit die Ungewissheit vorbei war, seit sie Job und Wohnung hatte, hatte sich ihr Gefühl verändert. Die Euphorie, wenn es zufällig ein „Wunder" gab, so wie da, als der wildfremde Mann ihr das Geld geschenkt hatte, so wie da, als sie die Taxifahrer-Familie fand, so wie da, als sie diese Wohnung bekam oder den Job, war vergangen und sie dachte: „Es ist komisch. Das

Leben ist sehr spannend, wenn es ungewiss ist. Dann tut man alles, um Sicherheit zu haben durch Job und Wohnung und sobald man alles hat, was man sich wünscht, wird das Leben langweilig, es schläft ein. Die Spannung, was als nächstes passieren würde, ist einfach weg, die Tage sind durchgeplant, man weiß morgens schon, was mittags passieren wird, schön ist das nicht."

Mit diesen Gedanken schlenderte sie am ersten Arbeitstag im neuen Jahr durch die eiskalte Winterluft, überquerte ihre Eisenbahnbrücke und kam pünktlich wie immer in der Firma an. Sie hatte gerade Schal, Jacke und Mütze an der Garderobe verstaut, als Herr Trepp den Kopf zur Tür reinsteckte und sagte: „Corinna, haben Sie einen Moment Zeit? Ich hätte gerne etwas mit Ihnen besprochen." Klar hatte sie Zeit und begab sich in sein Büro.

Er saß in seinem Chefsessel, die Beine weit von sich unter dem Schreibtisch ausgestreckt und wippte nervös auf und ab. Als sie eintrat musterte er sie mit gerunzelter Stirn und Corinna bekam ein mulmiges Gefühl. Irgendetwas war anders als sonst.

Er atmete einmal tief durch und begann: „Ich weiß, Sie haben sich hier hervorragend eingelebt und ich bin mit Ihnen mehr als zufrieden."

Corinna fühlte ein Kribbeln im Magen, das bedeutete meistens nichts Gutes. In ihrem Kopf schwirrten in rasendem Tempo Gedanken herum, die aus ihrer Erfahrung kamen. Sollte es ihr jetzt wieder so gehen wie in der Apotheke? Oder bei der Möbelspedition? Sie fühlte, wie ihr der Schweiß ausbrach. Aber Herr Trepp fuhr fort:

„Wissen Sie, wir haben vor einem halben Jahr, kurz bevor Sie hier angefangen haben, eine Filiale in Stuttgart eröffnet. Das ganze Geschäft ist noch neu, muss gut eingeführt werden, es muss jemand machen, auf den ich mich verlassen kann. Die Dame, die ich nach Stuttgart beordert habe, möchte dort nicht bleiben, sie hat Familie hier und sie beklagt sich, weil sie die Familie nur noch am Wochenende sieht. Das kann ich natürlich verstehen, aber sonst war niemand da, der diesen Job hätte machen können oder wollen. Nun beobachte ich Sie, seit Sie hier angefangen haben. Sie arbeiten selbständig, Sie lösen Ihre Kundendienstfälle selbst und machen keinen Zirkus wie andere, Sie sind immer freundlich und nett und man merkt Ihnen an, dass Ihnen die Arbeit Spaß macht. Ich weiß, dass Sie erst hier gestrandet sind, dass Sie hier Fuß gefasst haben und wahrscheinlich nicht schon wieder von vorne anfangen wollen, daher würde ich es verstehen, wenn Sie nein sagen, aber ich möchte Sie dennoch fragen, ob Sie bereit wären, unsere Filiale in Stuttgart zu übernehmen. Nicht als Geschäftsführer, das macht ein Herr dort, aber als Kundendienstleiterin. Sie haben keine Kinder, Sie sind ohne Familie und Sie machen den Job prima. Was sagen Sie dazu? Natürlich wird sich Ihr Gehalt verbessern und wir suchen Ihnen auch eine Wohnung. Sie haben mit nichts etwas zu tun, Sie müssen nur den Standort wechseln und so weiterarbeiten wie bisher. Die Ausbildung oder das Anlernen neuer Mitarbeiterinnen würde Ihnen bestimmt nicht schwer fallen, oder?"

Er schwieg und starrte sie hoffnungsvoll an. Corinna schluckte. Sie dachte rasend schnell nach. Stuttgart. Wollte sie nach Stuttgart? Eigentlich nicht, denn hier hatte sie nun endlich Menschen gefunden, nämlich ihre Kolleginnen und Kollegen, bei denen sie das Gefühl hatte, dazuzugehören. Nun schon wieder wechseln? Andererseits war sie vor wenigen Wochen auch hier fremd gewesen, es würden sich in Stuttgart neue Kontakte ergeben. Also wieder von vorne anfangen? Aber was machte das schon, außer den Kollegen und Kolleginnen kannte sie sowieso niemanden hier.

Sie spürte, wie ihr Herz klopfte. Hatte sie nicht erst dran gedacht, das Leben wird wieder langweilig? Das durfte nicht wahr sein.. Sie sah Herrn Trepp an und sagte spontan: „Ja, ich mach das, kein Problem."

Er riss die Augen auf. „Sie wollen sich das nicht erst überlegen? Ich meine, es ist ja ein großer Schritt."

„Nein", erwiderte sie entschlossen. „Irgendwie passt das". Sie grinste.

„So schnell habe ich nicht mit einer Zusage von Ihnen gerechnet, aber ich freue mich natürlich sehr. Wie lange haben Sie Kündigungsfrist in Ihrer Wohnung?"

„Ich habe keine Ahnung", erwiderte sie schulterzuckend, „ich werde mich mit meiner Vermieterin in Verbindung setzen müssen" und vor ihrem geistigen Auge tauchte die nette Frau Huber auf, die ihr so sehr geholfen hatte.

„Das ist kein Problem", meinte Herr Trepp, „wenn es noch nicht sofort möglich ist, übernehmen wir die Kosten für die Zeit, bis die Frist abgelaufen ist. Mir pressiert es, denn das Geschäft muss laufen, ich kann mich nicht damit abgeben, dass die

Belegschaft mürrisch ist, weil der Standort nicht passt. Ich setze all mein Vertrauen in Sie und ich denke, dass Sie mich nicht enttäuschen werden. Frau Fliege, die Sie noch nicht kennen, die nun diesen Job in Stuttgart macht, wird sich freuen, dass es eine Lösung gibt. Wann könnten Sie anfangen? Was haben Sie hier noch zu erledigen?"

Corinna dachte kurz nach. „Hm, ich glaube, ich brauche nur meine Siebensachen zu packen und mich nach Stuttgart zu begeben. Die Sache mit der Wohnung muss ich natürlich regeln, aber sonst wüsste ich nichts. Telefon abmelden und so einen Kram, aber ich habe ja nichts und ich kenne niemanden, was sollte ich groß tun müssen?"

Ihr Chef sprang aus dem Sessel auf, klatschte in die Hände und war sichtlich zufrieden.

„Perfekt. Das ist einfach perfekt. Gehen Sie nach Hause, jetzt sofort, Sie haben heute frei. Kümmern Sie sich um diese Dinge, halten Sie mich auf dem Laufenden und wenn es irgendwie geht, können Sie in Stuttgart am Montag anfangen. Wir haben eine Firmenwohnung dort, möbliert, drei Zimmer, Küche und Bad, 90 qm, die steht Ihnen ab Montag zur Verfügung. Sollte Ihnen die nicht gefallen, können Sie sich ja was Neues suchen, aber ich glaube, Sie werden begeistert sein."

133

„Firmenwohnung?" fragte Corinna ungläubig.

„Ja", Herr Trepp war sichtlich erleichtert und scheinbar freute er sich wirklich, als wäre ihm eine Last von den Schultern gefallen. „Kommen Sie her, ich habe Fotos, die möchte ich Ihnen zeigen. Ich kann mir nicht vorstellen, dass Ihnen das nicht gefällt".

Er kramte in einem Regal und zog einen dünnen Ordner hervor und setzte sich auf die Couch, die in der Ecke seines Büros stand, während er den Ordner auf das Kaffee-Tischchen legte und aufschlug. „Kommen Sie, setzen Sie sich neben mich."

Corinna tat, wie ihr befohlen und schaute neugierig auf die Fotos, die der Ordner preisgab. Was sie sah, ließ ihr den Atem stocken. Ein Wohnzimmer mit einer Ledercouch in hellem Braun vor einem offenen Kamin. Eine große Fensterfront, vor der sich ein großer Balkon erstreckte. Die Aussicht ließ vermuten, dass es hoch oben war. Sie schätzte ungefähr im sechsten oder siebten Stockwerk. Weitere Fotos zeigten ein luxuriöses Badezimmer mit zwei Waschbecken, Wanne und Dusche, alles in hellem Grau gehalten, mit purpurfarbenen Schmuck-Fliesen und wenigen schwarzen Fliesen abgesetzt. Die Küche war groß mit einer Essecke, einer scheinbar neuen Küchenzeile und einem weiteren kleinen Balkon vor der nach außen führenden Tür. Sie konnte nicht anders, ihr entfuhr ein andächtiges: „Wow".

„Schön", fragte er, „nicht wahr?"

„Das ist der pure Luxus", erwiderte sie staunend, „und sowas ist eine Firmenwohnung?"

„Na ja", gab er zu, „so ganz nicht. Es ist eigentlich meine Wohnung. Mein Zweitdomizil sozusagen. Aber ich habe nie Zeit, es zu nutzen, von daher ist es schade, dass es immer leer steht. Aber ich wette, Sie werden sich wohlfühlen."

„Wie hoch ist die Miete?", wollte sie wissen und hatte schon im Hinterkopf, dass sie sich das niemals würde leisten können.

„Machen Sie sich keine Sorgen", beruhigte er sie, „momentan wohnt niemand drin und die Wohnung bringt gar nichts. Also ist es doch besser, Sie nutzen sie, halten sie in Schuss und für mich fällt noch eine Kleinigkeit ab." Er zwinkerte ihr zu.

„Ich begreife das nicht", sagte sie ehrlich. „noch vor einigen Wochen stand ich auf der Straße, dann war ich überglücklich, überhaupt ein Dach über dem Kopf gefunden zu haben, diesen tollen Job und nun bieten Sie mir sowas an. Das ist doch nicht normal. Das geht doch nicht mit rechten Dingen zu, oder?"

Er sah sie an und grinste breit. „Vielleicht haben Sie einen guten Schutzengel, der Sie unterstützt?"

Sie lachte laut auf. „Ja, wohl eine ganze Horde und Sie sind einer davon".

„Kommen Sie", sagte er, während er sie sanft zur Tür schob, indem er den Arm um ihre Taille legte, „ich mag es, wenn Leute spontan sind, sich nicht erst tausend Gedanken machen müssen, sondern einfach sehen, was zu tun ist. Sehen, anpacken, handeln. So laufen Geschäfte. Ich bin mit mir sehr zufrieden, ich habe Sie nicht falsch eingeschätzt."

*

Corinna fuhr nach Hause und begann, ihr neues Zuhause aufzulösen. Es gab nicht viel zu tun. Sie meldete das Telefon ab, sie rief Frau Huber an, die sich teilweise mit ihr freute und teilweise bedauerte, dass sie sie nun verlassen würde, aber sonst gab es nichts zu tun. Gegen Nachmittag setzte sie sich auf ihr Bett und ließ sich noch einmal alles durch den Kopf gehen. Die Fotos von der Wohnung, dieses Luxus-Appartement sollte nun bald ihr Zuhause sein. Das war unfassbar. Eine Beförderung, bereits nach wenigen Wochen, das war genauso unfassbar. Sie stürzte wieder ohne nachzudenken in ein Abenteuer und wusste eigentlich gar nichts. Typisch, so machte sie das scheinbar seit Neuestem immer, aber langweilig war es eben nicht.

Sie brühte sich einen Kaffee auf und öffnete ein Päckchen Mandelspekulatius, um sich erstmal zu sammeln.

*

Zwei Wochen später war alles erledigt. Ihr Zuhause, das aus einem Zimmer bestand, war aufgelöst. Nur ein paar Wochen hatte sie dort gewohnt, nicht lange genug, um sich wirklich richtig einzuleben und doch würde sie dieses Zimmer niemals vergessen. Die neue Wohnung war dagegen ein richtiger Traum. Herr Trepp verlangte eine lächerliche Miete, mehr eine Nutzungsgebühr. Der Umzug war sehr, sehr klein. Mit einem Transporter der Firma fuhr man sie samt ihren Siebensachen, die inzwischen aus etwas mehr als zwei Reisetaschen und einem Rucksack bestanden, nach Stuttgart, trug ihr die

Taschen nach oben, sie musste nur noch auspacken. Am ersten Tag hatte sie sich mit der Wohnung vertraut gemacht. Es war alles da, sie lebte im Luxus. Die Schränke enthielten edles Geschirr, alle möglichen Kochutensilien, es war Bettwäsche da, es waren Handtücher da, es fehlte an gar nichts. Der Fahrer, der sie gebracht hatte, nahm die wenigen persönlichen Dinge, die von ihrem Chef in der Wohnung waren, mit und nun gehörte dieses Domizil ihr. Sie fühlte sich wie eine Königin. Es war unglaublich. Das Telefon hatte sie bereits umgemeldet, Behördengänge waren erledigt und endlich hatte sie Zeit, sich so richtig in diesen Luxusräumen wohlzufühlen. Ihre Mutter, ihren Sohn und ihre Freundin in Berlin hatte sie informiert, Telefonnummer mitgeteilt, es war Zeit, in diesen Räumen zu leben und Stuttgart zu erobern.

Der nächste Morgen war ein kalter Januartag, aber die Sonne strahlte von einem wunderbaren blauen Himmel und Corinna bekam Lust, nach draußen zu gehen und einen Spaziergang zu machen. Die Wohnung lag in der Innenstadt, aber nicht weit entfernt war ein schöner Park, dorthin zog es sie. In wenigen Tagen würde sie die neue Arbeit beginnen und die Zeit bis dahin wollte sie noch nutzen. Sie mummelte sich dick ein, fuhr mit dem Fahrstuhl nach unten und begab sich auf den

Weg. Noch einmal dachte sie, während sie so vor sich hin trottelte, an die vergangenen Monate. Es war so viel passiert, dass es schon kaum mehr zu überblicken war. Es kam ihr vor, als würde sie sich einen Film anschauen, in dem sie die Hauptrolle spielte. Alles war schon wieder Vergangenheit, so intensiv diese Erfahrungen auch alle waren. So oft war sie verzweifelt gewesen, aber eigentlich auch nicht. Sehr seltsam, auch wenn sie sich am Boden glaubte, auch wenn sie das Gefühl gehabt hatte, es geht nicht weiter, wie da, als sie noch keine Wohnung und keinen Job hatte, etwas war doch im Inneren, das wusste, es geht immer weiter. Es ist nur nicht immer schön, nicht zu wissen, wie. „Kontrolle", dachte sie, „immer, wenn man nicht weiß, wie es weitergeht, hätte man gerne einen Plan oder eine Sicherheit, damit man die Zukunft kontrollieren und sich drauf einstellen kann. Aber die gibt es nicht. Es passiert so viel und so viel Unerwartetes, wie sollte man sich darauf einstellen?" Sie überlegte weiter, dass sie niemals, auch nicht in den tollsten Vorstellungen, auf die Idee gekommen wäre, jemals in Stuttgart zu landen, in einer Traumwohnung noch dazu, hoch über den Dächern der Stadt, mit einem tollen Job, der ihr Überleben mehr als sicherte und das alles war vollkommen planlos und unvorbereitet gekommen. Das Leben hatte eine eigene Dynamik und wenn man offen blieb und sich nicht fürchtete, lief es wohl wie am Schnürchen. Sie hatte schon lange nicht mehr in ihrem Buch gelesen, es war alles okay, sie brauchte keine Hilfe mehr in Form eines Buches. Daran hatte sie sich nur festgehalten, als es sonst keinen anderen Halt gab, aber nun war alles okay, ihr fehlte nichts mehr.

Sie erreichte den Park, der gut besucht war und in ihrer Erinnerung sah sie sich im Park in Nürnberg, auf der Suche nach Orientierung, auf der Suche nach einem Halt in einem völlig neuen Leben, als sie unter die Trauerweide kroch und ein großes Herz auf die erste Seite ihres Buches malte, in das sie schrieb: „Ich bin glücklich". Aber das war vorbei, nun war sie hier und wollte die Nachmittagssonne genießen, die frische Luft und den neuen Wohnort. Während sie einen gepflasterten Weg entlang lief, fiel ihr Blick auf eine Bank, nicht weit vor ihr. Einen Augenblick hatte sie das Gefühl, den Mann, der dort saß, zu kennen. Da sie aber niemanden hier kannte, schien es wohl eine Täuschung zu sein. Je näher sie kam, umso bekannter kam dieser Mann ihr vor und mit einem Schlag wurde ihr klar: Das ist der Mann mit den 1000 Euro. Sie hatte ihn nicht gleich wiedererkannt, sie hatte ihn damals ja nicht lange gesehen, aber er sah genauso aus. Wie kam er nach Stuttgart? Vielleicht war er es gar nicht?

Vielleicht sah dieser Mann „ihrem" Mann nur sehr ähnlich? Ihr Herz pochte. Was sollte sie tun? Sie steuerte auf die Bank zu und sagte:

„Hallo. Kann es sein, dass wir uns kennen? Entschuldigen Sie, wenn es nicht so ist, aber Sie sehen jemandem, den ich schon einmal sah, zum Verwechseln ähnlich."

Der ältere Herr mit der Goldrandbrille und dem vollen weißen Haar lächelte sie an und sagte:

„Sie haben ein gutes Gedächtnis und eine gute Beobachtungsgabe. Sie irren sich nicht. Wir sind uns schon einmal begegnet, in Nürnberg, nicht wahr? Kommen Sie her, setzen Sie sich einen Moment. Sie sehen gut aus."

Corinna setzte sich und freute sich riesig.

„Wissen Sie", sagte sie, „es ist so viel passiert, obwohl es noch kein halbes Jahr her ist, aber durch das Geld, das Sie mir in dem Umschlag hinterlassen hatten, bekam mein Leben eine neue Richtung. Besser gesagt, es nahm mir so viel Druck, dass sich meine Stimmung änderte und meine Verzweiflung ging. Ich kann Ihnen gar nicht sagen, wie sehr Sie mir geholfen hatten. Ich werde

Ihnen das Geld natürlich zurückgeben, jetzt kann ich es."

„Das brauchen Sie nicht", antwortete er, während sein Blick sich in den Weiten des blauen Himmels verlor, „das war schon so in Ordnung. Es fehlt mir nicht."

„Machen Sie das immer so?" fragte Corinna, „dass sie alleinstehenden, verzweifelten Frauen einfach so Ihr Geld schenken?"

Der Mann lachte laut auf. „Nein, natürlich nicht, das war nur bei Ihnen so."

„Warum?" wollte Corinna wissen. „Warum ausgerechnet bei mir?"

„Sie haben etwas Besonderes, das andere nicht haben. Sie haben ein riesengroßes Herz."

„Sie können mein Herz sehen?" staunte Corinna. „Wir haben doch nur ein paar Sätze ausgetauscht. Woher wollen Sie wissen, dass ich nicht die schlimmste Furie bin und Ihnen nur ein Märchen erzählt habe?"

„Ich spüre das", kam die Antwort.

„Okay" nickte Corinna, ihr war dieser Mann ein Rätsel. „Und dann treffen wir uns so rein zufällig hier in Stuttgart wieder, mitten im Park, weil sie plötzlich hier sind und ich auch, das ist doch irgendwie ein Wunder, finden Sie nicht?"

„Ja", antwortete er. „Sehen Sie, jemand anderes hätte mich entweder gar nicht gesehen oder sich nicht erinnert oder würde über diesen Zufall kein Wort verlieren, aber Sie sagen, das ist ein Wunder. Tatsächlich ist es ein Wunder, weil alles ein Wunder ist und Sie haben die Fähigkeit, noch zu staunen und Wunder zu sehen. Das ist das Besondere an Ihnen. In ihrem Innern sind sie ein Kind geblieben, das noch offen ist für die Wunder des Lebens."

Corinna schluckte. „Ehrlich gesagt habe ich auch nie an Wunder geglaubt, ich hatte Ihnen ja meine Geschichte mehr oder weniger erzählt, falls Sie sich erinnern. Aber inzwischen glaube ich an Wunder, mir sind viele passiert, Sie waren eins davon. Ich hatte mir geschworen, wenn ich Sie jemals wiederfinden sollte, möchte ich das gutmachen, was Sie so selbstlos für mich getan haben. Was kann ich also tun, um Ihnen eine Freude zu machen, wenn Sie das Geld nicht zurück möchten? Ach ja, mein Name ist übrigens Corinna."

Der Mann streckte ihr die Hand hin. „Ich freue mich, Corinna, mein Name ist Abi. Eigentlich heiße ich Albert, aber schon seit meinen Kindertagen nennen mich alle nur Abi."

Sie schlug ein und sagte: „Ich freue mich sehr, Abi, dass wir uns wieder begegnet sind. Darf ich mich dann revanchieren und Sie zu einem Café einladen? Hier draußen ist es zwar schön, aber mir ist langsam kalt. Oder wir können auch ein Stück zusammen laufen, was meinen Sie?"

Seine Augen blitzten auf. „Beides. Wir machen beides. Wir gehen durch den Park, dort hinten am Ende ist ein sehr hübsches Café und dort wärmen wir uns auf. Haben Sie Lust?"

„Ja, klar", freute sich Corinna. „Ich hoffe, Sie erzählen mir, was Sie in Stuttgart machen, wie Sie nach Nürnberg gekommen sind und ich erzähle Ihnen das Gleiche von mir."

„Abgemacht", sagte er, während er aufstand und ihr galant seinen Arm anbot, damit sie sich einhängen konnte. Es gab noch Gentleman, wow.

Sie liefen schweigend und die frische Luft genießend durch den Park und kamen am Ende des Weges zu einem netten Café im etwas ländlichen Stil. Nachdem sie sich einen Tisch ausgesucht hatten, setzten sie sich, bestellten bei der Bedienung, die gleich kam, Cappuccino mit doppelter Portion Zucker und Käsekuchen. Das tat gut nach der Kälte draußen.

„Ich wohne in Stuttgart", begann Abi zu erzählen, „ich war nur zufällig in Nürnberg zu einem Kongress. Aber was hat denn Sie hierher geführt?"

Corinna begann und es wurde eine lange Geschichte. Er hörte aufmerksam zu, ohne sie einmal zu unterbrechen. Am Ende leuchteten seine Augen und er meinte:

„Das ist eine sehr, sehr schöne Geschichte und ich weiß nicht, wie sehr Sie sich darüber bewusst sind, dass Sie geführt werden".

Geführt werden? War er ein Pfarrer? „Ich weiß nicht, wer führt mich? Das Schicksal?"

„Sie haben etwas sehr Reines, Kindliches an sich. Ich möchte es nicht Naivität nennen, denn das hat einen bitteren Beigeschmack. Sie sind einfach noch so offen, sehen noch die Wunder des Lebens, staunen noch über das, was geschieht anstatt ständig zu schimpfen und zu jammern, das ist erfrischend. Ich genieße Ihre Gegenwart sehr."

Corinna schluckte. „Wissen Sie, das war nicht immer so. Ich lebte in meiner Ehe sehr negativ, ständig in Angst und Sorge, ich muss mich wohl geändert haben durch meine Flucht, keine Ahnung. Manchmal staune ich selbst über mich."

Er lächelte. „Ja, genau das meine ich. Wer hat schon den Mut, alles hinter sich zu lassen, ein gut bürgerliches Leben wegzuwerfen, um sich zu befreien? Das ist sehr, sehr selten. Das ist etwas ganz Besonderes. Die meisten Leute bleiben ihrer Sicherheit willen und ihres Besitzes willen dort, wo sie sind, schlucken ihr Leben lang den Ärger runter, werden krank und sterben, ohne jemals irgendetwas gelebt zu haben."

„Na ja, ich hatte keine Wahl, würde ich mal sagen und in meiner Situation hätte wohl jeder so gehandelt".

„Täuschen Sie sich da mal nicht".

„Darf ich Sie fragen, was Sie so machen? Sind Sie Pfarrer oder Psychologe?"

Er lachte. „Nein, nein, ich bin so etwas wie ein Philosoph. Ich befasse mich mit dem Leben und dem Geist, dem Spirit. Wissen Sie, was das ist?"

146

„Esoterik?" fragte sie etwas unsicher.

„Nein", antwortete er, „es ist mehr eine geistige Geschichte und hat mit Wahrheit zu tun, Esoterik ist etwas anderes. Philosophen machen sich Gedanken über das Leben, warum alles so ist wie es ist und Spiritualität ist so ähnlich, hat noch einen Touch ins Geistige. Spirit bedeutet Geist. Eigentlich ist es eine Beschäftigung mit den Gedanken, mit deren Auswirkungen, den Zusammenhängen und einem größeren und weiteren Blick auf das Leben. So ungefähr."

„Oh je, dazu muss man sicherlich fürchterlich schlau sein".

„Im Gegenteil", sagte Abi voller Überzeugung, „man muss sich eher die Fähigkeit erhalten haben, zu staunen. Ich war seinerzeit in Nürnberg bei einem spirituellen Kongress. Es gibt viele Menschen, die sich damit befassen. Ist das für Sie ganz neu?"

Corinna begann von ihrem Buch zu erzählen, von den Gedanken, die sie sich darüber gemacht hatte und welche Erkenntnisse sie gewonnen hatte und ein bisschen hatte sie Angst, das würde wieder zu naiv und kindisch klingen. Aber Abi schien das ganz anders zu sehen, denn er meinte:

147

„Das Leben funktioniert nach bestimmten Gesetzen und die kann man erkennen. Es ist also ganz wunderbar, dass Sie dieses Buch hatten und ganz sicher war nichts davon Zufall."

„Oh, ich freue mich sehr", antwortete Corinna glücklich, „ich habe noch niemals jemandem was davon gesagt, aber ich glaube, das ist wirklich so. Es gibt noch etwas, so etwas wie ein Schicksal und das zu verstehen muss wunderbar sein. Wissen Sie noch mehr darüber?"

„Ja, es ist mein Job, mein Hobby und mein Lebensinhalt".

„Vielleicht können wir in Verbindung bleiben und Sie erzählen mir noch ganz viel darüber. Es interessiert mich wirklich sehr.

„Das können wir gerne tun. Mich würde es auch freuen. Sie haben das Zeug, die Wahrheit zu finden."

„Was ist die Wahrheit?" fragte sie.

„Die Wahrheit sind Sie", kam die Antwort.

„Wie ich? Ich verstehe nicht."

„Das macht nichts, das finden Sie schon noch heraus. Die Wahrheit ist, zu wissen, wer man wirklich ist."

„Ich glaube, ich weiß, wer ich wirklich bin."

„Wirklich?" zwinkerte er belustigt. „Dann sagen Sie mir das doch mal."

„Na ja", überlegte Corinna, „ich bin eine Frau, die ihre Familie zurückgelassen hat, jetzt bin ich eine Kundendienstleiterin, ich bin 42 Jahre alt und eine Mutter."

„Nein", sagte er, „das alles sind Sie nicht. Eine Frau zu sein, ist eine Bestimmung des Geschlechts, Ihr Job sind Sie auch nicht, Sie haben nur einen und Ihr Alter oder die Mutterrolle, haben auch keine Bedeutung. Ich meine, was sind Sie ohne Ihre Rollen, was ohne Ihre Erscheinung als Frau und ohne Ihren Job?"

Corinna überlegte eine Weile. „Keine Ahnung", sagte sie. „Ich habe keine Ahnung, wer ich dann bin. Wissen Sie es?"

„Nein", sagte er, „ich kann Ihnen das nicht sagen, das muss jeder Mensch selbst herausfinden."

Sie verstand nicht, wovon er sprach, aber irgendwie waren seine Worte wahr. Sie sah ihn nachdenklich an und lenkte das Gespräch auf etwas anderes. Irgendwas in ihr fühlte sich seltsam aufgewühlt an.

Nach gut drei Stunden, die sie miteinander verbracht hatten, brachte Abi sie nach Hause. An der Haustür verabschiedete er sich ganz gentlemanlike mit dem Hauch einer Verbeugung und den Worten:

„Ich freue mich schon auf ein Wiedersehen, es hat mir sehr gefallen, mich mit Ihnen zu unterhalten."

„Mir auch", antwortete Corinna. „Wollen wir einen weiteren Termin ausmachen für ein Treffen? Ich kann aber in Zukunft nur an den Wochenenden, denn die Arbeit wird mich ganz in Anspruch nehmen und ich freue mich drauf."

„Wenn Sie möchten, ich bin am Wochenende fast immer im Park", meinte Abi. „Sie werden mich schon finden, wir brauchen keine Verabredung."

Mit diesen Worten drehte er sich um und ging ohne einen Blick zurück seiner Wege.

„Seltsam", dachte sie, „eigentlich hatte ich gehofft, er gibt mir eine Adresse oder eine Telefonnummer oder fragt zumindest nach meiner".

Sie schüttelte den Kopf, das war alles sehr seltsam. Aber was sollte es, sie hatte noch etwas ganz anderes vor. Vor ihr lag ein neuer Job, ein neuer Aufgabenbereich, ein neues Leben und ein besseres Gehalt. Alles lief gerade so rund, dass es schon wieder Angst machte. So viel Glück auf einmal. Dann dieser Zufall aller Zufälle, sie kam hier erst an und traf schon jemanden, den sie aus Nürnberg kannte und der sich freute, sie zu sehen. Er saß einfach da auf der Bank im Park. Normal war das alles nicht und wenn sie ein Buch lesen würde, in dem diese Geschichte erzählt werden würde, sie würde denken: „Was für ein Quatsch, so etwas gibt es nicht wirklich". So wie Pretty Woman, das gab es auch nicht wirklich, es war nur Film. In einem Film gab es so etwas, aber nicht in der realen Welt.

Nach diesem langen Aufenthalt in der Kälte gönnte sie sich ein ausgiebiges Bad in einer Wanne voller duftenden Schaums. Wie tat das gut. Noch vor wenigen Wochen hatte sie gedacht, dass sie das niemals wieder haben würde.

Während sie in der Wanne lag und entspannte, flogen ihre Gedanken in die Vergangenheit. Es war, als zöge ihr Leben wie in einem Film an ihr vorbei. Ihr Haus, ihr Leben als treusorgende Ehefrau, der ewige Streit, der Termin beim Anwalt, Alex und ihre Mutter, ihre Hunde, ihre Flucht, die Taxifahrer und –fahrerinnen, Isabelle, Babsi, die tot war, Rainer, der verschwunden war, Abi, dieser seltsame nette Mann. Plötzlich dachte sie: „Vielleicht träume ich das jetzt alles? Das kann ja nicht alles wirklich sein, ich träume einfach einen Film und wenn ich wach werde, bin ich wieder zu Hause und er ist wieder da und alles ist so wie es immer war?" Sie erschrak bei diesen Gedanken und fragte sich: „Kann ich das mit absoluter Sicherheit sagen, dass ich nicht träume?" Sie dachte nach, sie hatte schon oft geträumt, tagsüber und auch nachts. Wenn sie nachts träumte, glaubte sie auch, der Traum wäre wahr, zumindest solange sie träumte. Erst wenn sie wach wurde, wusste sie, dass sie geträumt hatte, vorher nicht. Was wäre, wenn das hier auch alles ein Traum war? Vielleicht lag sie in ihrem Haus im Bett und träumte einen langen Traum und würde das erst feststellen, wenn sie aufwachen würde? Vielleicht war sie auch ein Walfisch, der gerade träumte, ein Mensch zu sein? Wer konnte das sagen? Solange man träumte, wusste man nicht, dass es ein Traum ist. „Oh

Gott", dachte sie, „was weiß ich überhaupt, wenn ich nicht einmal ganz sicher sagen kann, ob ich wach bin oder träume?"

Als das Wasser abkühlte, riss sie sich aus ihren Gedanken, stieg aus der Wanne, hüllte sich in ein flauschiges Badetuch und wusch ihr langes, dunkles Haar, pflegte es mit einem Conditioner und hüllte auch die Haare in ein zum Badetuch passendes Handtuch. So ging sie ins Wohnzimmer und setzte sich auf den Boden vor dem flackernden Kamin, den sie direkt nach dem Heimkommen angezündet hatte. Sie schaute sich im Wohnzimmer um. Draußen war es schon stockdunkel. Eine klare Nacht, in der der Vollmond zu der großen Terrassentür hinein schien. Dieser Augenblick hatte etwas Zauberhaftes. Sie hatte kein Licht an, der Mond war hell genug und der flackernde Kamin warf ein warmes, tanzendes Licht, das im Gegensatz zu dem kalten Mondlicht stand. Plötzlich hatte sie das Gefühl, als würde sie von einer Welle der Dankbarkeit gepackt. Dankbarkeit für diese Wohnung, Dankbarkeit für dieses Licht, Dankbarkeit für dieses Leben, Dankbarkeit für alles, wirklich alles. Sie konnte gar nicht mehr verstehen, wieso sie früher so anders gelebt hatte, immer in Sorge, immer in Angst vor der nächsten Katastrophe und immer in Stress und Hektik. Das war so weit weg, als gehöre es zu einem komplett anderen Leben.

Wie war nur alles so gekommen, wie es gekommen war? Wäre dieser eine, furchtbare Abend damals nicht gewesen, würde sie heute noch in ihrem Haus und in ihrer Ehe sitzen. Wäre sie nicht beim Anwalt gewesen, hätte es diesen Abend nicht gegeben, auch dann wäre alles noch genauso wie immer. Was hatte sie letztendlich veranlasst, zu fliehen? Es war die Angst. So gesehen hatte die Angst und dieser furchtbare Abend etwas Positives gehabt. Es war der Anlass für diese krasse Wende, die ihr Leben genommen hatte. Corinna wurde klar, dass ohne diese Ereignisse ihr Leben noch immer im Einheitstrott dahindümpeln würde. Scheinbar brauchten krasse Veränderungen krasse Auslöser. Man sollte wohl nicht immer jammern, wenn etwas nicht so toll ist, nicht gleich weinen und verzweifelt sein, vielleicht hat ja einfach alles einen Sinn? Sie wusste natürlich damals noch nicht, wo das alles hinführen würde, aber im Nachhinein betrachtet, war alles wunderbar gelaufen. Sie erkannte, dass es eine Abfolge von Ereignissen war, bei dem das eine das andere auslöste. Dann dachte sie: „Wer bestimmt eigentlich, wie ich mich verhalte? Wo liegt der Anfang dieser Kette von Ereignissen? Wer macht das?"

Sie wusste, wenn sie nicht beim Anwalt gewesen wäre, wäre ihr Mann nicht so ausgerastet und sie wäre nicht gegangen. Aber wenn er normal gewesen wäre, hätte sie nicht zum Anwalt gehen müssen. Aber er war so, wie er war, er war schon immer so, sie hatte es nicht sehen wollen. Sie hätte ihn gar nicht heiraten dürfen. War das der Anfang? Lag der Anfang aller Ereignisse schon bei ihrer Heirat? Eigentlich hatte sie mit so jungen Jahren nur geheiratet, um endlich jemanden zu haben, der sie liebte. Ihre Eltern taten es nicht, zumindest nicht so, wie sie es sich gewünscht hätte. Dann lag der Anfang wohl schon im Elternhaus? Wäre sie geliebt worden, hätte sie niemals so früh geheiratet. Aber ihre Eltern konnten auch nichts dafür, sie waren beide krank und hatten sich ihre Krankheiten nicht ausgesucht. Also lag der Anfang aller Ereignisse wohl schon beim Schicksal ihrer Eltern. Ihr Vater hatte einen schweren Arbeitsunfall gehabt, der ihn nie wieder ganz gesund werden ließ und ihre Mutter hatte Angstzustände, nachdem sie miterleben musste, wie ihr Vater, also Corinnas Opa, direkt neben ihr tot zusammenbrach. Wäre all das nicht gewesen, wären ihre Eltern anders gewesen. Sie überlegte noch eine Weile und erkannte, es gibt keinen Anfang. Sie könnte zurück denken bis Adam und Eva, wären die nicht aus dem Paradies geflogen, lebten wir heute noch darin. Immer gibt es einen

Auslöser, der eine Folge hat. Eins ergibt das andere.

Das Leben war spannend, wenn man es einmal so sehen konnte. Nichts ist sicher, es kommt immer darauf an, was jetzt grade passierte und das hatte irgendwas anderes zur Folge. Was würde wohl in einer Woche sein? Sie war sehr, sehr neugierig. Vielleicht würde sie enttäuscht hier sitzen und sich sagen, die Entscheidung nach Stuttgart zu gehen, war falsch? Möglich war das. Vielleicht würde noch ein weiteres Wunder passieren? Möglich war das auch. Das Leben besteht aus Möglichkeiten, wurde ihr klar, alle Wege stehen offen, man muss geduldig abwarten, was sich ergibt.

Ihr wurde auch klar, was Erwartungen sind. Sie war jetzt so zufrieden mit ihrer Wohnung, mit ihrem Leben, wie alles sich entwickelt hatte, sie erwartete nichts. Sie war gespannt, was passieren würde, aber sie hatte keine Vorstellungen davon, was passieren sollte. Sie hatte keine Hoffnungen, dass etwas Bestimmtes passieren sollte. Na gut, vielleicht ein kleines bisschen, aber nicht so sehr. „Es ist nicht gut, wenn man Erwartungen hat", sagte sie sich, „dann ist die Enttäuschung schon vorprogrammiert, denn wenn dann nicht das passiert, was man sich vorgestellt hat, sinkt die Laune in den Keller". Noch einmal überschwemmte sie eine Welle der Dankbarkeit, diesmal für die Zeit, die sie ohne Wohnung und Job auf der Straße verbracht hatte. Es war nicht einfach gewesen, manchmal war sie verzweifelt, aber letztendlich hatte sie gelernt, keine Erwartungen und Vorstellungen mehr zu haben, denn zu dieser Zeit gab es nichts mehr als das nackte Überleben und schon die Vorstellung von einem Bett schien unerreichbar. Alles war genau so gut, wie es passiert war. Sie hatte das Gefühl, langsam das Leben zu verstehen. Es rollt sich ab, so wie ein Buch, bei dem sie die Hauptperson war und bei der die Geschichte Seite für Seite entstand. Niemand konnte das Ende des Buches lesen. Man musste es Seite für Seite durchgehen. Vielleicht würde das nächste Kapitel schwierig werden? Egal, sie wollte sich nicht festlegen und alle Möglichkeiten offen lassen. Sollte geschehen, was geschehen wollte, sie hatte schon so viel geschafft, nichts schien mehr unmöglich zu sein.

Mit diesen Gedanken erhob sie sich und ging zurück ins Bad, um die gut angetrockneten Haare zu föhnen. Sie wollte früh ins Bett, damit sie morgen fit war und freute sich auf den nächsten Tag, was dieser wohl für Überraschungen bereithalten würde. Das Leben war schön. Sie hatte es 42 Jahre lang nicht gewusst. Man muss einen Schritt tun, auch wenn er unmöglich erscheint. Wenn man entschlossen ist, kommt das Leben einem entgegen.

Als sie vor dem Spiegel stand, sagte sie zu ihrem Spiegelbild: „Ich bin reich. Ich bin so reich. Nicht, weil ich jetzt so viel habe, das ist alles nur geliehen. Aber endlich ist mein Herz voll. Es ist voll Dankbarkeit für alles, was passiert ist. Es ist voll Staunen, wie alles passiert. Und es ist voll Vertrauen, dass es so passiert, wie es gut für mich ist. Ich bin erfüllt von diesem Leben, ich brauche niemanden, der mir Erfüllung schenkt. Es ist alles da."

Plötzlich wurde ihr auch klar, was Abi gemeint hatte mit dem Satz „Die Wahrheit sind Sie". All die vielen Jahre, die sie in Angst und Sorgen verbracht hatte, fühlte sie sich leer und sinnlos. Nun schrieb sie ihre eigene Story in Zusammenarbeit mit dem Schicksal. Sie selbst war derjenige, der sich dem Leben geöffnet hatte, der den Mut gehabt hatte, einen Schritt ins Ungewisse zu tun, ohne zu wissen, ob sie diesen Schritt überleben würde. Sie selbst war ihr Leben, sie hoffte nicht mehr, dass irgendein Wunder geschehen würde, das sie aus einer Situation retten würde oder dass jemand käme, der ihr Erfüllung schenkte. Sie selbst war ihr Schicksal, indem sie handelte. Sie selbst war es, dem sie vertrauen konnte. Es gab keinen

Unterschied zwischen ihr und dem Leben. Das jahrzehntelange Hoffen und Denken, dass sich irgendetwas ändern würde, war wie eine Hypnose, in der sie wie gelähmt fest saß. Es brauchte eine Situation, die sie in Todesangst versetzt hatte, um endlich aus diesem Traum aufzuwachen, der aus nichts bestand als aus Gedanken. Ein Schritt, eine Handlung, ein Tag hatte die Wende gebracht. Es war krass, es war so, als hätte sie endlich das Ruder ihres Lebens selbst in die Hand genommen und es komplett herumgerissen. Alles, worauf sie so viele Jahre gewartet hatte, war schon da gewesen, sie hatte es nur nicht gesehen und sich nicht getraut. Sie lebte doch schon immer. Das Leben war da, jeden Augenblick, sie hatte es abgesessen wie in einem Gefängnis. Der Ausbruch machte sie frei. Der Ausbruch geschah durch den Mut, zu handeln, ohne zu wissen wie es ausgeht. Sie war stolz auf sich. Sie hatte es geschafft.

Lebe jeden Tag so, als sei es Dein letzter.
Verbring es nicht in einer Warteschleife aus Gedanken.
Erfüllung findest Du nur, wenn Du Dich dem Leben öffnest, ohne Angst, ohne Kontrolle.
Das Leben ist immer da.
Bist Du auch da?